番所医はちきん先生 休診録五

悪い奴ら

井川香四郎

幻冬舎時代小説文庫

番所医はちきん先生
休診録
五

悪い奴ら

目次

【主要登場人物】

八田　錦……………番所医。綽名は「はちきん先生」。辻井登志郎の屋敷の離れに住む

八田徳之助……錦の亡父。元・小石川養生所の医者。辻井と無二の親友

辻井登志郎……元・北町奉行所吟味方筆頭与力

佐々木康之助…北町奉行所定町廻り筆頭同心

嵐山…………岡っ引。元勧進相撲力士

遠山景元……北町奉行。左衛門尉

井上多聞……北町奉行所年番方筆頭与力

沢村圭吾……北町奉行所養生所見廻り同心

藤堂逸馬……北町奉行所吟味方与力

高嶋兵庫……北町奉行所臨時廻り筆頭同心

清野真太郎……北町奉行所臨時廻り同心

第一話　悪い奴ら

一

粉雪が舞う柳橋の船宿『丸仙《まるせん》』の一室で惨殺事件が起こった。

報せを聞いて駆けつけた北町奉行所の定町廻り同心・佐々木康之助《ささきやすのすけ》は余りにも凄惨な状況に凍りついた。同行している岡っ引・嵐山《らんざん》も気持ち悪くなって、その巨漢が倒れるほどだった。

座敷の中には、年がまちまちの男女数人が折り重なるように倒れており、畳には生々しい血が広がっている。開け放たれたままの窓から吹き込んでくる粉雪が、一瞬にして赤く染まっていた。

窓の手摺りにも、女が体を折るようにして凭れ掛かっており、その下の通りにも男と女ふたりが落下したのであろうか、仰向けに倒れていた。

その通りの先には船着場があるが、そこにも三人ばかり蠢いていた。屋形船から出たところを何者かに襲われたのか、この窓から飛び降りて逃げようとしたのかは、まだ分からない。船宿が連なり、両国橋西詰めの繁華な所とも目と鼻の先での惨劇は、音もなく雪が落ちる神田川すら赤く染まっているように見せた。

佐々木と嵐山だけでは手に負えないので、自身番の番人はもとより、木戸番や辻番、橋番、町医者、近場の町火消たちにも手伝いを頼んだ。あっという間に数十人が集まったが、野次馬とも相まって俄に大騒ぎとなった。

船宿の主人・欣兵衛《きんべえ》の話では、二階の座敷で俳諧の寄合をしていた最中、浪人者がふたり入ってきて、いきなりその場にいた者たちを斬り始めたという。

そのとき、欣兵衛は一階の帳場にいたというが、

「寄合に遅れてきた俳諧仲間だと思いました。ふたりが軽く礼をしてそのまま上がっていったとき、履き物のままだと気づいて階段を追いかけたのですが……」

刀を抜くなりあっという間に斬り始めたという。逃げるような足音や悲鳴しか聞こえなかったが、欣兵衛は怖くなって、思わず外に逃げ出したという。

やがて、ふたりの浪人は下りてきて店から出ると、小走りで浅草御門の方に走り、

郡代屋敷の向こうに消えたという。物陰に隠れて見ていた欣兵衛は、二階の様子を確かめに戻ってから、両国広小路の自身番に飛び込んだが、一瞬の出来事だったので、浪人たちの顔などはハッキリとは覚えていないらしい。

「それにしても酷いものだな……」

さしもの佐々木でも、目の前の惨劇には目を覆いたくなった。

「俳諧の会とのことだが、よくこの宿を使うのか」

「三月に一度くらいでしょうかね」

「集まりの座長《ざがしら》は誰なのだ。みんな顔見知りなのだろうな」

「私もハッキリとは知りませんが……俳諧を趣味にする商家の旦那衆が、一句捻りながら酒膳を供にして、月が出る頃になると屋形船で大川まで楽しむこともありますが、今日は生憎の雪なので……それでも雪見酒を洒落込むとか誰とはなく話していました」

もう一度、座長が誰かと佐々木が訊くと、帳簿を確かめてから、

「日本橋の廻船問屋『長崎屋』の主人、謙左衛門《けんざえもん》さんです。もちろん最初からずっと、今日も来ておりました」

と言った。

十二人も斬られたが、不幸中の幸いと言ってよいのか、死んだのは三人で、後は深傷を負っているものの命は助かっていると、町医者は見立てた。それでも放っておくと悪化するかもしれないので、応急手当をしてから、近場の町医者まで運んだ。

死んだのはすべて、二階座敷にいた中の三人で、男がふたりと女がひとりだった。いずれも脳天から一撃を食らって、顔が分からないくらい歪み、鮮血で濡れている。

調べていた嵐山が死んでいる男のひとりの顔を見て、アッと目を見開いた。

「佐々木の旦那……こいつは、岡っ引の雁次郎《がんじろう》ですぜ。顔が潰れているけれど間違いねえ……この腕にある蛇の刺青は捕り物のときに、よく見せてやした」

十手の先で袖を捲って見せると、佐々木も頷いて、

「雁次郎……たしか浅草辺りを根城にしてる奴だな。臨時廻りの高嶋兵庫《たかしまひょうご》殿が使っている岡っ引だったはずだが」

「へえ。間違いありやせん」

「俳諧を嗜んでいたとは、人は見かけによらぬな」

「そんな話は聞いたことはありやせんが、とんだ目に遭ったもんだ」

瞑目してから着物をまさぐり、部屋の中も探したが、雁次郎の十手はなかった。もしかしたら身分を隠して、何かを探っていたのかもしれないと、佐々木は思った。

「他のふたりの身許も洗って、生き残った奴らからは容態が良くなったら、そのときの様子を訊くしかないが……それにしても急に押しかけて斬った浪人者たちは何者なのか」

「どう見ても、通りすがりの事件とは思えねえ。寄合の連中に恨みがあるのか、この中の誰かと揉めていて、他の者が巻き込まれたのか……」

いずれにせよ浪人者ふたり組ということも、主人の話から分かっている。まだその辺りに潜んでいるかもしれぬから、虱潰しに探すよう嵐山に命じた。

「下っ引を集めて、必ず探しやす。これだけの人を斬ったんですから、返り血を相当浴びているはずです」

雁次郎の遺恨を晴らすとばかりに、嵐山は船宿から飛び出していった。

そのとき、二階から、五十絡みの商人が自身番の番人に支えられるようにして下りてきた。左肩辺りを斬られたようで、羽織がベッタリと血で染まっている。

「――謙左衛門さん……大丈夫ですか」

欣兵衛が声をかけると、謙左衛門は声を震わせながら、

「何がなんだか……他のみんなは、どうなってるのですか……気を失ってたもので」

と床にへたり込んだ。欣兵衛は怪我の重い者から町医者に運ばれたと話してから、佐々木に向かって、

「旦那。この方が、『長崎屋』の主人です」

「大変だったな……」

佐々木は気遣うように、謙左衛門に言った。

「あ、はい……とんでもないことに巻き込まれました……」

「今日のところはもう一度、丁寧に手当てをして貰い、事件のことは明日にでも店に訪ねて訊くことにするが、運が良かったな」

「は、はい……」

謙左衛門は寒いかのように、体の震えが止まらなかった。『長崎屋』が日本橋通りから入った式部《しきぶ》小路《こうじ》にあるのを、佐々木は知っていたが、立ち寄ったことはない。廻船問屋にしては、袖の下などは出しそうにない小さな店構えだったからである。

だが、少しばかり気になっていた店ではあった。さほど稼いでいるようには見えないが、日本橋の一等地にあったからである。

翌朝、北町奉行所では――いつもの三日に一度の〝達者伺い〟に、番所医・八田《はった》錦《にしき》が訪れると、奉行所の与力や同心は相変わらず鼻の下を伸ばして、押すな押すなと与力詰所奥にある診察部屋前に並んでいた。

もっとも混雑を避けるために、公用人、目安方、吟味方、定橋掛、本所見廻り、市中取締《しちゆうとりしまり》諸色　調　掛《しよしよくしらべがかり》、養生所見廻りなど四十余りの部署を組み合わせて割り振っている。ゆえに与力や同心は概ね月に一度、〝堅固〟の検診を受けることになる。堅固とは健康のことである。

今日は定町廻り方であるが、不測の事態によって探索に出向いていることが多い。昨夜の船宿の事件の調べも始まったばかりだが、佐々木はちゃっかり来ていた。

「〝はちきん先生〟の顔を見ないと、元気が出ないからよ」

来て早々、脂ぎった面を錦に近づけて、じっくり診てくれと言う。

〝はちきん先生〟とは男勝りという印象から綽名されているが、たしかに見るからに凛としており、背丈も並みの男よりも高く、言動は堂々としており、圧倒する存在感がある。だが、清楚な振る舞いには妙な艶《あで》やかさがあって、色気すら広がっている。ゆえに、高嶺の花の印象が強い。だからこそ、奉行所の与力や同心は、ひと目でも会いたいがために集まってくるのである。

錦はいつものように、触診・視診・動診を丁寧に行い、体の歪みなどに気づけば骨接ぎの技で整体を施し、内臓の調子が悪ければ漢方薬を処方した。

「昨夜《ゆうべ》、とんでもない事件があってな……錦先生に検分を頼もうと思ったのだが、女があの場を見たら失神するだろうと、小石川養生所医の松本樟庵《まつもとしょうあん》先生にお願いした」

「私もお世話になってます。松本先生の方が確かですよ」

「男ふたりに、女ひとり。いずれも斬殺。殺した奴は浪人のふたり組で、怪我人は九人。何人かの町医者が手当てをしたが、中には一生、治りそうにない大怪我をした者もいる。何より、いきなり斬りかかってきたのだから、恐怖で心が傷ついたかもしれないな」

「ですね……奉行所に来たとき、私の耳にも入ってきましたが、私にできることがあれば、おっしゃって下さい」

　錦が言うと、佐々木は待ってましたとばかりに、

「じゃ、これから一緒に、ある人物に会ってくれないかな」

「これから……？」

「先生はいつも嘘をよく見抜くではないか。そいつが嘘をついているかどうか、様子を窺って貰いたいのだ。なに、そいつも昨夜の事件で被害を受けた者だ」

「そいつって、どういうことです……」

「ちょっと引っ掛かってることがあるのでな」

「まあ、そういうことでしたら、〝達者伺い〟の後ならば……」

　すると後ろに並んでいた若い同心が、佐々木の背後からいきなり、

「私も一緒に行っていいですか」

　と声をかけてきた。

　錦は初めて見る顔だった。まだ童顔といってもよいほどの若い同心である。ただ背丈はひょろりと高く、佐々木を見下ろすくらいである。切羽詰まった様子の若い同心は、

「殺された岡っ引の雁次郎は、俺にとって親父も同然なんです」

と言い寄った。佐々木は面倒臭そうに、顰め面を向けて、

「おまえは臨時廻りだからな。俺が連れ歩く訳にはいかんのだよ」

定町廻り、隠密廻り、臨時廻りが〝三廻り〟と呼ばれる探索方で、それぞれが協力し合って凶悪事件に当たっている。だが、それぞれ使命が違う。定町廻りが真っ向から事件にぶつかる役目ならば、隠密廻りは長い時をかけて密かに調べるから変装もする。臨時廻りは本来、熟練同心が搦め手で咎人を追い込むことが多い。

「だから、おまえは臨時廻り筆頭の高嶋様の指示で動くのだな」

佐々木がにべもなく言うと、錦が若い同心に訊いた。

「お名前を伺って宜しいでしょうか」

「俺の……？　そんなの佐々木様に訊けば分かることでしょう」

「自分の名も名乗れないのですか」

「なんだ、このおばさん。偉そうに因縁つけるんじゃねえ」

まるで与太者のような言い草の若い同心に、錦は呆れ顔を向けて、

「おばさんと呼ばれる歳ではありませんが、どうやら見習いを終えたばかりのよう

ですね。後で誰か調べますが、目の隈が酷いですよ。ただの疲れや寝不足ではなく、おそらく肝か腎、いずれかが病んでます」

「一々、うるさいな。生まれつき体が弱いんだよ。だから、生きてるうちにひとりでも多くの悪い奴を捕まえたいんだ」

「苛ついているのも肝の臓が悪い証ですよ」

「だから、余計なことだと言ってるだろうが。少しばかり綺麗だからって、たかが医者が探索のことに口出しするな」

「探索のことには口出ししてませんよ。あなたの堅固についてです」

「俺の体は俺が一番よく知ってらあ」

自分勝手に荒々しく喋ると、若い同心は定町廻り筆頭の身分である佐々木の肩を、まるで同僚のようにポンと叩いて、

「嫌でもついて行くからな。雁次郎の意趣返しだ」

と言うと錦を睨みつけて立ち去った。

「――まったく……ちっとも治ってないじゃねえか」

佐々木は吐き捨てるように言った。若い同心が子供だった頃から、よく知ってい

るような口振りだった。

「あいつの親父も昔は定町廻り同心でな、俺の上役だった。清野博之介《せいのひろのすけ》の息子……真太郎《しんたろう》だよ」

「真太郎……」

「親父は十年前に事件に巻き込まれて死んだのだが、その頃はまだ七、八歳くらいだった。母親も病がちで、真太郎は気持ちが折れたのか悪ガキになってしまってな……だから俺が無理矢理、同心見習いに入れて、あれでも少しはマシになった方なんだ」

「そうでしたか……」

錦は不安げに真太郎が立ち去った方を見やったが、心配なのは若者にありがちなぞんざいな態度ではなく、かなり衰弱していそうな体のことであった。

二

その日の昼下がり、錦は佐々木と一緒に廻船問屋『長崎屋』に赴いた。

いつもなら、錦と並んで歩いているだけで、下卑《げび》た話などをしてくるが、妙に真剣なまなざしが気持ち悪いくらいだった。

佐々木が話していたとおり、廻船問屋にしては小さな店構えで、暖簾も威厳を示すために地面まで伸ばした長いものではなく、まるで路地裏の質屋か金貸しのようだった。

店内には番頭と手代がふたりだけいて、人足たちの出入りもなかった。

佐々木が暖簾を潜って声をかけると、事情を察した番頭が奥に行って、謙左衛門を呼んできた。出てきた謙左衛門は佐々木に頭を下げようとして、錦を見て目を見開いた。

「別嬪さんだろ」

ニンマリとした顔で佐々木が言うと、謙左衛門は直に頷いて、

「驚きました……このお嬢様は……」

「俺の女房だ、と言いたいところだが、番所医だ」

「番所医……」

「町奉行所で俺たちの堅固を見て貰っているお医者様だ。昨日のことでな、俺もあ

れだけの凄惨な場はなかなか見たことがないので、気持ちが不安になってな……それで先生がついてきてくれたのだ。親切だろ」

「そうでしたか。ご苦労様です」

特に警戒する様子もなく、謙左衛門は挨拶をした。首の左から、胸あたりまで晒しでグルグル巻きにされているのが、羽織と着物の上からも分かる。

「恐ろしかったでしょうね」

錦が同情の目で声をかけると、謙左衛門は深い溜息をついた。すぐに番頭が座布団を出してきて、上がり框に座らせた。謙左衛門も座ったが、佐々木は立ったままで、

「賊が入ってきたときの様子を知りたい。他の者たちにも順次、訊くつもりだが、まずは俳諧の会の座長からと思ってな」

「ただの遊びでございます」

「その場にいた者たちの身許だけは調べてるが、油問屋、材木問屋、廻船問屋、両替商、薬種問屋に海産物問屋、その妻や娘、それに浪人もいたが十二人だ。もちろん、みんな誰か承知しているな」

「はい……」

「亡くなったのは廻船問屋『南海屋』の主人・斎右衛門《さいえもん》と女房のお邦《くに》だ……斎右衛門はまだ三十そこそこ、女房のお邦は嫁に来たばかりらしいが、おまえとは同じ廻船問屋だから仲が良かったらしいな」

「ええ、それはもう……先代のご主人からの付き合いで、お邦さんとの仲人をしたくらいですから……なんで、こんな目に……」

謙左衛門は思わず嗚咽し、涙を掌で拭いながら悔しさを滲ませた。

「辛いだろうが、確かめておきたいことがある……」

俳諧の会の趣旨や昨日参加した以外の寄合の面子を謙左衛門から聞いてから、改めて佐々木は問いかけた。

「『丸仙』の主人の話では、いきなり浪人ふたり組が押し込んで来たとのことだが、まずは誰を斬ったか覚えているか」

「私は上座におりまして、お侍……というか浪人者が駆け上がってきたので、何事かと思った瞬間、廊下の近くにいた油問屋の『土佐屋』さんが蹴倒されて脇腹辺りを突かれました。とっさに、その横にいた岩村十内《いわむらじゅうない》さんという……この方も浪人で、私どもの集まりに来ているのですが……反撃しようと立ち上がろうとしたところに、首や腕などを斬られて、その場に崩れました」

「浪人者……」

「岩村様は私の古い知り合いで、用心棒代わりに付き合ってくれてます」

「用心棒とは焦臭いな。おまえは誰かに狙われる覚えでもあるのか」

「いえ、近頃は何かと物騒なので……事実、こんな目に遭いました。ですが、岩村様も大怪我をしたそうで、もう刀もちゃんと握れないかもしれません」

「まあ、岩村とやらのことは後で調べる。他に気づいたことは」

「私は座長ですから、すぐに立ち上がって、押し込んできた浪人ふたりに『何をするのです』と声をかけました。ですが、浪人のひとりが私に斬りかかってきて肩をやられ、首にも当たったようで、気を失いました……ですから、その後のことはまったく……」

「覚えてない……」

「はい……申し訳ございません」

恐縮したように言う謙左衛門の顔を、錦は食い入るように見ていた。だが謙左衛門は、まったく気にする様子もなく淡々と続けた。

「気がついたときは、佐々木様たちが駆けつけてきてくれておりました……見るも無残な光景で自分の怪我の痛みすら分からなかったほどです。もう何がなんだか……」

「それでな……」

佐々木は曰くありげな目つきになって、

「もうひとり殺された奴がいるのだ。岡っ引の雁次郎という四十過ぎの男だが、付き合いがあったのかい」

「岡っ引……？」

「妙なことに羽織姿で、まるで商家の旦那風だったが、あの不敵な面構えを見たら、あまり一緒にいたくないだろう」

「雁次郎……はて、分かりません……でも、その御方なら、亀之助《かめのすけ》さんのことでしょうか……私と同じ日本橋で海産物問屋『浜屋』を営んでいる徳兵衛《とくべえ》さんの知り合いとかで、寄合には二度目だったと思います」

「その『浜屋』も頭や腕、膝などを酷くやられて、ろくに口もきけない状態らしい」

「ええっ。そうなのですか……」

痛々しい表情になって、謙左衛門は右手の拳を膝の上で握りしめた。

「雁次郎は北町奉行所同心が使っていた岡っ引なのだが、どういう経緯でおまえさんの俳諧の寄合に加わったか、『浜屋』とやらに聞いておらぬか」

「まさか十手持ちの親分さんとは思いもしませんでした」

「身分も明かさず、偽名まで使っていたということは、何かの探索で潜り込んでいたと考えられる。思い当たる節はないか」

「いえ、まったく……でも、そうでしたか……亀之助さんではなく、雁次郎さんという御用聞きの親分さんでしたか……」

「驚くのも無理はあるまい。だが、雁次郎に十手を預けている同心にも訊いてみたが、何を探索していたかは分からぬらしい。まあ御用には秘密が付き物だからな」

「さようですか……」

「だが、此度は雁次郎を含めて三人が犠牲になって、残りも大怪我をしたのだ。今後も探索の協力を頼むぜ」

「はい。私どもにできることならば、なんなりと……」

丁寧に謙左衛門が頷いたとき、ひょっこりと清野真太郎が入ってきた。佐々木を押しやるようにして、謙左衛門の前に立つと、

「雁次郎を知らないわけがないだろ」

と睨みつけた。

「え……？」

戸惑う謙左衛門に、真太郎は忌々しげな面構えを向け、

「死んだ雁次郎は縄張りこそ浅草界隈だが、それは以前、浅草の寅五郎《とらごろう》一家の飯を食ってた二足の草鞋ってやつだ。だが、すっかり足を洗ったのは、俺の親父がまっとうな道に歩かせて面倒を見たからだ」

「親父……」

「定町廻りで、この佐々木様が若い頃にも世話をしたらしいがね、おまえの罠に嵌って死んでしまったんだよ」

唐突に悪し様に言うので、謙左衛門はさらに困惑したように、佐々木に救いの目を向けた。佐々木は真太郎を軽く押しやって、

「おまえな、御用にも礼儀ってものがあるのだぞ。この『長崎屋』は大怪我を負わされたのだ。労ることもしないのか」

「親父は殺されたんだよ、こいつに……」

真太郎はさらに鋭い目つきになって、謙左衛門を睨みつけた。

「俺の親父は抜け荷を調べていたらしい。『長崎屋』はその頃、長崎奉行とつるんで南蛮渡りの御禁制の品々を扱っていた疑いがあった。親父はその探索に雁次郎を手先として使っていたんだ」

「……」

「もう十年も前のことだ。俺はまだ七、八歳だったが、親父が冷たくなって芝浜に揚がったときには……おまえに殺《や》られたんだと思ったよ。ああ、雁次郎もそう確信してたけれど、証を立てられずに闇から闇……」

次第に興奮が高まってきた真太郎は、今にも十手を叩きつけそうに振り上げ、

「今度も、おまえが殺ったんじゃないのか、ええ！」

と謙左衛門に向かって声を荒らげた。

剣幕に押されよろめく謙左衛門を錦が支えると、佐々木は真太郎の腕を摑んで、

「やめろ、真太郎。そんな調子じゃろくな探索ができないぞ。一端《いっぱし》の同心のつもりなら、きちんと調べてから出直せ」

と店から追い出そうとした。だが、真太郎は激しく振り払って、

「あんたが、のらりくらりしてたから、親父は死んだようなものだ。俺はどうでも、こいつの悪事を暴いてやるんだ。そのために雁次郎も命を張ってたんだからな」

「いい加減にしろ。ガキの遊びじゃないんだ。表に出ろ」

佐々木が業を煮やして言うと、真太郎は苛立ちを露わにして、

「俺の上役はあんたじゃない。臨時廻り筆頭の高嶋兵庫様だ。命令は聞かないぜ」

と吐き捨てた。謙左衛門の表情がわずかに揺れて、「高嶋兵庫様？」と呟いた。

それを見逃さずに、すぐに錦が尋ねた。

「知ってるのですか、高嶋様を……」

「あ、いえ……存じ上げませんが、お名前だけは噂に……」

曖昧に答える謙左衛門に、佐々木が言った。

「かつては定町廻りだったが、今は隠居間際で、臨時廻りにいる。さっき雁次郎に十手を預けてる同心と話したのは高嶋様のことだ」

「そうでございましたか……」

謙左衛門は頷いてから真太郎を見て、

「ですが、清野様……抜け荷などはとんでもないこと。私は関わりありません」

と言うと、真太郎は俄に可笑しそうにクックッと笑い出した。

「語るに落ちるってんだよ、謙左衛門ッ」

「は……？」

「俺は名乗っちゃいないぞ。なぜ清野って分かったんだ、ええ」

「えっ。だってさっき……父上が殺されたとかどうとか……」

「なんで殺された同心の名前まで覚えてるんだ。よく知っている証じゃないか」

「いえ、私は何も……今、佐々木様もあなたを叱りつけるときに呼びましたので」

「佐々木様は俺のことは真太郎としか呼ばねえよ。チビの頃からな」

真太郎はニンマリと笑って正直に言えと怒鳴ったが、謙左衛門はそれでも勘違いでしょうと曖昧に返すだけであった。

錦は謙左衛門の肩口から首にかけての傷に晒しの上から触れながら、

「でもね、真太郎さん。下手をすれば他の人のようにもっと大怪我をして、死んでいたかもしれません。もし雁次郎という岡っ引を殺すのであれば、他の手段があると思いますよ」

「だからこそ怪しい。怪しいから、こうして調べてるんじゃねえか」

よほど父親の恨みがあるのであろう。真太郎は一歩も引かぬとばかりに、謙左衛門に摑みかかろうとしたが、佐々木がさらに叱りつけ強引に連れ出すのであった。

三

その日のうちに、佐々木は錦を伴って、他の被害者に会って話を聞いた。が、その前に、真太郎が何をしでかすか分からないので、一旦、奉行所に連れ帰り、高嶋兵庫に預けた。

高嶋は髷《まげ》や鬢《びん》がすっかり白くなっていたが、定町廻りの頃の鋭い目つきは変わらず、人を睥睨する態度も変わっていなかった。奉行所内ではめったに顔を合わせることはないが、佐々木が苦手な同心のひとりであった。

真太郎の顔を見るなり、高嶋は落ち着いた声だが威圧ある態度で、

「佐々木の言うとおりだ。御用にも礼儀ってものがある。親父や雁次郎の仇を討ちたいおまえの気持ちはよく分かるが、的外れということもあろう。しっかりと証拠を摑んで責めるのだな」

「でも、高嶋様……あいつは俺の親父のことを、すぐに清野だと分かったんだ。なのに惚《とぼ》けたんですよ」

「それだけじゃ殺した証とは言えまい。俺とて、雁次郎があんな目に遭ったのだから、下手人は憎い。ここはしっかりと褌を締め直してから、一緒にやろうじゃないか」

高嶋が真太郎の肩を叩くと、佐々木にも「後は任せろ」と目顔で頷いた。今は真太郎は舞い上がっているが、佐々木も幼少の頃からの付き合いだから性分はよく分かっている。高嶋に委ねてから、この事件の調べを続けた。

浪人の岩村十内は『長崎屋』のすぐ近くにある長屋住まいだったが、首を痛めて右腕の肘も割れているので、小石川養生所で治療が続けられていた。頸椎を激しく損傷しているため、ろくに顔の上げ下げもできずにいた。

神田の油問屋『土佐屋』甚五郎《じんごろう》は、謙左衛門が話していたとおり脇腹を突かれており、かなりの出血をしたようで、まだ自宅で寝込んでいた。怪我は他の者たちに比べれば浅い。妻のおしのも首に怪我をしている。

深川から来ていた材木問屋『田所屋』六兵衛《ろくべえ》は、顎が砕ける大怪我で、その娘お弓《ゆみ》も首と左足を斬られており、深川の町医者で〝がはは先生〟と呼ばれる山本宝《やまもとほう》真《しん》の診療所で引き続き治療を受けていた。

人形町の両替商『津田屋』善市《ぜんいち》は、脇腹と下肢に怪我をし、薬種問屋『真月堂』佐之七《さのしち》は胸と鳩尾《みぞおち》に酷い怪我を受けており、今のところ身動きができない。いずれも仕事に戻るにはかなり時がかかりそうであった。

雁次郎の知り合いという海産物問屋の『浜屋』徳兵衛も膝と腕に加えて頭を怪我しているので、店で寝込んでいた。番頭の話では、徳兵衛は前々から雁次郎のことは岡っ引と承知しており、何らかの探索のために手を貸したと話していたという。

つまり、雁次郎は俳諧の会に潜り込んだがために殺されたと考えてもよさそうだった。

錦は、佐々木とともにひとりひとりに当たって怪我の様子や怖い目に遭った心の状態などを克明に診たが、どの人も不安に包まれて気持ちが落ち込んでいた。また襲われるかもしれぬ恐怖も隠せないでいた。

すべての被害者を見て廻ると、佐々木は北町奉行所に帰ってから、錦に率直な感想を訊いた。

「――それは、どういう意味合いですか」

錦が尋ね返すと、佐々木はいつになく神妙な顔つきで、

「何故、俳諧の集まりの連中が狙われたのか……ということだ。嵐山も懸命に調べているが、襲った浪人ふたりの行方も分からず、素性もまったく不明だ。しかも、錦先生も被害に遭った者たちに接して感じたと思うが、誰も多くは語りたがらない」

「まだ恐怖が続いているからでしょうが、たしかに……詳しい話をするのは避けていた節もありますね」

「それなんだよ……俺は何百人ていう事件の被害者を見てきたが、大概は能弁になるんだ。あんなことをされた、こんな目に遭った、どんなふうに怖かった、下手人はこんな輩だったとかね」

「それが、ない……」

「ああ。たしかに怪我をさせられ、気絶をしていたというのもあって、何がなんだか分からないというのもあろう。だからこそ、自分たちは、どうして襲われたのか……それが気になるってものだ」

「たしかに……」

錦も不思議に感じていた。しかし、あまりにも突然の恐怖に、心が凍りつくということもある。だが、みんながみんな同じ反応というのは気になっていた。

「俺はね、先生……俳諧の会の中の誰かが、押し込んできた浪人と通じていて、誰かを狙ったのではないかって思うんだ」

「それなら、清野……真太郎さんと同じ考えではないですか」

「いや、奴は雁次郎を狙ったと思ってる。だが、狙いは死んだ『南海屋』斎右衛門だったのではないか。他の者たちは、巻き込まれただけなのではないか……そう思えてならないのだよ」

「では、雁次郎さんも巻き込まれた？」

「それはまだ分からないが、雁次郎だけが狙いだったとは思えねえ……もし『南海屋』が何処かで殺されたら、その理由を調べるために奉行所が動くだろう。だが、大勢の中のひとりなら、あやふやになるかもしれぬ」

「だとしたら酷い話……そのために関わりない人を……」

暗澹たる気持ちになると、佐々木も溜息を深くついて、錦をまじまじと見ながら、

「先生……今度ばかりは、俺もめげてるんだ。今夜は酒でも付き合ってくれねえかな。たまには慰めて欲しいんだが」

と弱音を吐いた。だが、錦はいつものようにあっさりと、

「気が病んでいるなら、いい医者を紹介します」

「なんだよ、冷てえなあ……」

「それより佐々木さんは、『長崎屋』さんを疑っているのですね」

「えっ。分かるのかい」

「真太郎さんもそうでしたが、たしかに私も引っ掛かります。あの場にいた中で、『長崎屋』さんの傷が一番浅いからです。気を失っていたとのことですが、他の人とは怪我の程度が違いますもの」

「やっぱり、そう思うかい」

「ええ。謙左衛門さんでしたかしら、診察にかこつけて様子を見てみますね」

「さすがは錦先生……だったら作戦を練るために一緒に酒でも……」

　佐々木はしつこく誘ったが、錦はさっさと立ち去るのだった。入れ違いに、真太郎が近づいてきて、嫌みたらしい顔で、

「探索にかこつけて口説こうなんて、さすが佐々木様だ」

「立ち聞きかよ」

「でも、無理でしょうね。奉行所中の与力同心が狙っているとか。俺には何処がいいのかサッパリ分かりませんがね」

「ガキにはそれこそ高嶺の花だよ」

「そうかな……とにかく、〝はちきん先生〟とやらの狙いは悪くない。『南海屋』を狙ったという筋書きはありそうだ。しかも、『長崎屋』が浪人者に狙わせた。なぜならば……」

「なぜならば……？」

「後は自分で考えたら如何か。手柄は俺が戴くとする」

　生意気に意味ありげなことを言って、真太郎は飛び出していった。

　もう日暮れだというのに、まだ探索を続けるつもりなのであろうか。佐々木は

少々心配になったが、自分の配下ではないから余計なことは言わなかった。

　その夜のことである。嵐山が怪しげな浪人がふたりいると小耳に挟んで、神田佐久間町の長屋に押しかけた。

　この界隈は職人街であるから、浪人がぶらついているのが目についたのであろう。しかも羽振りが良さそうで、飲み屋で大盤振る舞いをしたり、隠し賭場などにも出入りしている様子だったという。

　嵐山が十手を突き出して、船宿『丸仙』での事件について話があると訊いても、

「なんのことだ」

　と、ふたりとも惚けていた。

「十二人もの人間を斬って逃げ遂《おお》せると思いなさんなよ。旦那らのことは、何人かの木戸番らが見てたんでやす。返り血を浴びて走ってる浪人がいたってね」

「誰だか知らぬが、つまらぬ言いがかりはよせ」

「関わりがないというなら、御番所に来て話を聞かせて貰えやせんか」

「岡っ引ふぜいが偉そうに……仮にもこっちは侍だ。とっとと帰るのだな」

「プンプン臭うぜ。俺の鼻はな、血の臭いがすぐに分かるんでさ」

　挑発するように嵐山が言うと、背の高い方の浪人が刀を手にして、

「しつこいぞッ」

　と声を荒らげた。待ってましたとばかりに、嵐山が大きな体で部屋に踏み込もうとすると、浪人はサッと刀を抜き払った。

　嵐山は恐がりもせず、その刀身をまじまじと見ながら、

「なるほど……くすんでやがる。人の血脂ってのは、どんなに洗っても、ちょっとやそっとで落ちないんだ。どう見ても人を斬りましたって刀だぜ」

「ふざけるな！」

　浪人が本気で斬りかかろうとすると、嵐山は一歩踏み込んで相手の顎を突き上げた。吹っ飛んだ浪人はさらに床で頭を打って、失神した。もうひとりの浪人も刀を抜き払おうとしたが、その前に嵐山が蹴倒しの要領で土間に転がり落とした。

「いきなり斬りにきただけでも、疚しいことがあるってこったッ」

　力任せに嵐山が縛りつけようとしたところに、「ご苦労」と高嶋兵庫が入ってきた。一瞬、嵐山は「誰だ」と声をかけた。黒羽織を着ており、帯に十手も差してい

るが、見慣れない顔だったからである。

「高嶋兵庫だ」

「えっ……臨時廻り筆頭の……」

「後は俺たちに任せろ」

「俺たち……」

嵐山が振り返ると、生意気な顔つきの真太郎も立っており、強い口調で、

「佐々木様には悪いが、こいつらはこっちで預からせて貰う」

「臨時廻りが手柄の横取りってわけですかい」

食い下がるように嵐山が言うと、高嶋の方が前に出て、

「手柄云々の話ではない。雁次郎のことなら、おまえも知っているだろう」

「知ってるも何も、あの場には俺が真っ先に行って、雁次郎親分を見つけたんでさ」

「そうだったのか。とまれ、俺が御用札を預けていた奴が殺されたのだ。少々、手荒い真似をしてでも吐かせてみせるよ」

「昔取った杵柄ってやつですかい」

「今でも探索方であることに変わりはない。スッ込んでろ」

高嶋の形相が〝鬼の兵庫〟と言われていた頃のように変貌した。さしもの嵐山も、これ以上、逆らうことはできず、捕縛は譲るしかなかった。すでに気絶している浪人と、土間で腰を痛めている浪人ふたりとも、真太郎は意気揚々と縄に掛けた。

四

南茅場町の大番屋に連行された浪人ふたりは、沢田主水助《さわだもんどのすけ》と加納格兵衛《かのうかくべえ》と名乗った。

いずれも似たような痩せ浪人だが、無精髭の多い沢田は気絶から目を覚ましても、

「——何も知らぬ……『丸仙』などという船宿になんぞ行ったことはない」

と言い張っていた。

加納の方も一切、喋らないと決め込んでいた。

その場には、吟味方与力の松平左馬之助《まつだいらさまのすけ》が臨席しており、高嶋たちが浪人を責め立てるのを冷静な目で見ていた。場合によっては、自白を強要する〝牢問《ろうもん》〟を許す

立場にある。もっとも大番屋とはいえ、牢問は自身番と同様、笞《むち》打ち、石抱《だか》せ、海老責めの三つに限られており、〃拷問〃である釣《つるし》責めは評定所の許しがないと行えない。

「さようか、自白をせぬならば、まずは笞打ちを致すか。浪人とはいえ侍相手に気が引けるが、やむを得まい」

すでに手首を後ろ手に縛られ、肩胛骨当たりまで引っ張り上げられており、両肩が盛り上がっている。その肩を棒で思い切り打つのだ。高嶋は傍らの撓《しな》る黒い棒を摑むと、真太郎に手渡し、

「さあ。思う存分、叩いてやれ」

「えっ……私がですか」

一瞬、躊躇《ためら》った真太郎だが、高嶋は平然とした顔で、

「笞を打つことに慣れねば、他の〃牢問〃など到底、できぬぞ。おまえが縛った奴だ。にも拘わらず、知らぬ存ぜぬを通しておる。どこまで性根があるか、試してみろ」

「あ、でも……」

「これも修業のうちだ。三人を殺し、九人に大怪我を負わせた輩だ。遠慮はいらぬ」

高嶋に後押しされて、真太郎は摑んだ棒を振り上げた。

沢田も加納も平然とした顔をしている。

「さあ、やれ。思い切りな」

高嶋に促されて、真太郎は沢田の方の肩をビシッと打った。棒ではあるが笞のように撓りがあるので激痛が走るのであろう。沢田がグッと奥歯を嚙みしめたが、「それが、どうした」という顔を向けた。

真太郎は一瞬たじろいだが、上目遣いの憎々しい目に刺激されたのか、「おのれ」と呟くように言って、さらに数度、沢田の肩を叩き続けた。俄に肩が赤く腫れ上がり、血も滲み出るのが分かる程だった。

我慢している沢田の様子を隣で見ていた加納は目を背けた。その肩にも鋭く真太郎は、まるで刑罰でも加えるように叩いた。

「ひいっ！　や、やめてくれえ！」

すぐさま加納は弱音を吐き、悲痛な声を上げた。

「俺たちは頼まれて、あの船宿に乗り込んだだけなんだ」

「なに。どういうことだ」

加納の肩に棒を置いて、真太郎は顔を覗き込んだ。

「俺たちは『丸仙』の二階の客たちを脅して暴れただけだ。殺してなんかいない」

「黙れ。三人が死んで他の者も……」

「だから、いきなり乗り込んで吃驚《びっくり》させて、少々怪我をさせて逃げただけだ。死ぬような怪我なんぞさせてはおらぬッ」

「何のためにだ」

「知らぬ。金で頼まれただけだ」

「誰に頼まれたというのだ」

「岩村だ。岩村十内……あの場にいた浪人だ。俺たちは奴から、それぞれ十両を貰って暴れただけだ」

情けない声で訴える加納の横で、沢田は顔を顰《しか》めている。真太郎はその肩を叩き、

「そうなのか。どうなのだ」

と訊いた。すると、沢田も頷いて、

「――話が違うじゃないか。なんで、こんな目に遭わされなきゃいけなんだ」

と誰にともなく呟いた。

「話が違う……とは、どういうことだ」

真太郎がさらに突き詰めようとすると、高嶋は沢田の胸を突つきながら、

「岩村という浪人者なら、おまえたちが斬ったのではないのか」

「違う……奴がその場にいた奴らをバッサバッサと斬り始めたんだ。だから俺たちは吃驚して逃げただけだ」

「いい加減なことを言うんじゃないぞ」

高嶋がさらに沢田の肩を叩くと、冷静に見守っていた松平左馬之助は制止して、

「まだ子細がありそうだな。だが、おまえたちが『丸仙』の二階に乗り込んだことは、認めるのだな」

「だから……」

「認めるのだな。その場にいて、刀を振り廻したことを」

「ですから、それは……」

文句を言いかけた沢田だが、少しでも刑を軽くして貰いたかったのであろう、岩

村に命じられるままに多少、怪我をさせたことは認めざるを得なかった。

「後は岩村にも詳細を訊くこととする。お裁きはお白洲にて、お奉行がなさるゆえ、おまえたちは牢屋敷にて大人しく待つのだな」

松平はそう断じてから、高嶋を近くに呼び寄せ何やら耳打ちをした。ほんのわずかだが、高嶋は表情が強張ったものの、仕方がなさそうに頷くと、ふたりの浪人を牢屋敷に引き連れていくのであった。

真太郎は義憤に駆られることがあったのか、高嶋が止めるのも無視して、大番屋を出ると岩村十内の長屋に押しかけた。日本橋の『長崎屋』の側であるため、南茅場町からはさほど遠くない。

岩村は真太郎から、浪人たちが白状したことを伝えられると、キョトンとした顔で、

「なんだ、それは……俺がさようなことを頼むわけがなかろう。どうせ、そやつらは罪科を減らそうと嘘を申しているのであろう」

「しかし、おぬしから金まで貰っているのだ。それぞれに十両もな」

「知らぬ。なんなら俺が直に問い質してもよい」

「ああ。お白洲にて証言をして貰うことになりそうだな」

「お白洲……」

厄介なことになったとばかりに、岩村は溜息をついた。他に疚しいことでもあるのであろうかと真太郎は勘繰ったが、岩村は仕方がないと頷き、

「俺もこうして斬られたのだ。自らの潔白を証すためにも喜んで出向こう」

「ところで、……おぬしは浪人になる前は何処に仕官していたのだ。さしつかえなければ聞かせて貰いたい」

真太郎が何かを疑っている目で見ると、岩村は頬を歪めて、

「さっきから、おぬし呼ばわりされて、少々気分が悪い。若造のくせに同心がそんなに偉いのか。まるで咎人扱いではないか」

と少し苛立った。たしかに、おぬしというのは自分よりも立場の低い者に言う言葉だが、真太郎はただ配慮がないだけであろう。

「では岩村十内殿……何をしてこられた。『長崎屋』の用心棒の前には」

「用心棒……」

「謙左衛門がそう言っていた」

「まあ、そんなものだが、用心棒の役にも立たなかった。これでお払い箱ってところだ」

「……」

「腕もこんなことになったし、もはや侍として生きる術もない。何処ぞでひっそりと余生を送るとする」

「隠居する歳には見えぬがな」

どうやら、岩村は自分の来し方を語るつもりはないらしい。そんな話をしている所へ、佐々木と嵐山が入ってきた。

「——これはまた千客万来だな……」

皮肉めいて目を向ける岩村に、佐々木は土間に立ったまま、

「長崎奉行所にいたそうだな」

と唐突に言った。

驚いて振り返る真太郎を尻目に、佐々木は続けた。

「その頃から、謙左衛門とは親しかったらしいな。時の長崎奉行はもう隠居の上、病で亡くなっているが、おまえと『長崎屋』は抜け荷に関わっており……その探索

の最中、この真太郎の親父も死んだ」

「何の話だ」

岩村は吐き捨てるように言ったが、真太郎も黙って聞いている。

「抜け荷の話だ。おまえも関わっていて、事がバレそうになったから、長崎から江戸に舞い戻ってきた。そして、『長崎屋』の用心棒として暮らしていた……だよな」

交易は長崎において、中国とオランダのみが相手というのは、天保の治世にあっては、もはや形ばかりとなっていた。長崎会所以外の交易は厳禁だが、他の地での交易の根絶は難しかった。それどころか、薩摩が琉球を通して中国や東南アジアの国々と交易していたのを、幕府は黙認している。

中には隠岐や佐渡に流された長崎代官や商人らはいるものの、ほとんどは唐船同士が海上で夜間に取引することが多く、摘発は難しかった。好き勝手とまではいかなくても、抜け道は幾らでもあったのである。

『長崎屋』は長崎会所を通して交易品を扱う正式な廻船問屋だったが、廻船の船頭が荷を抜いて、〝抜き荷〟業者に密売することもあった。主人もそれを承知の上で、朝鮮人参《にんじん》や唐薬種、白糸、紗綾《さや》、綸子《りんず》など、いわゆる御禁制の品を抜き取らせていた疑いがあった。むろん、それなりの〝手数料〟を払わせていたから、抜け荷を奨励していたも同じである。

だが、かつてお上に取り調べられたときには、

――船頭が勝手にやっていたこと。

ということにしていた。その船頭たちも何処かに姿を晦《くら》ましているため、真相は分からずじまいである。

「俺は昔の罪でおまえを捕らえたいわけじゃない。此度の『丸仙』でやった人殺しの話を聞きたいだけだ。分かるよな」

佐々木が探りを入れる目になると、真太郎は思わず意気込んで、

「俺も今し方、嵐山が見つけた浪人たちが、この岩村に『丸仙』で大暴れするように頼まれたと聞いたばかりだ。それでも知らぬ存ぜぬ。こいつにこそ笞を打ち、石を抱かせてでも吐かせてやりたい」

と激しい怒りを露わにした。岩村も父親の死と関わっていると思われるからだろう。だが、佐々木はもっと冷静に、

「『南海屋』斎右衛門と妻のお邦、そして雁次郎を殺したのは、おまえだな」

と詰め寄った。むろん、真太郎も同じ気持ちである。

「――見てのとおり、俺はこんな目に遭ってる……こっちがあの浪人たちに仕返しをしたいくらいだ」

「ああ。そうしろ」

佐々木が顎で命じると、嵐山が岩村に飛び掛かって縄で縛ろうとした。抗うので、嵐山が張り手を食らわそうとすると、岩村はヒョイと避けて、傍らにある刀を摑んで身構えた。

「その手は大怪我をしているのではないのか」

ニンマリと佐々木が笑うと、岩村は一瞬、顔が引き攣ったが、

「無理無体を許しては武士の名折れだ」

「いや、〝はちきん先生〟は大した怪我ではなかろうと見抜いていたぞ。町医者を抱き込んだのかもしれぬが、首と腕をやられているなら、目の動きとか指先のわずかな震えで、怪我の度合いが分かるそうだ」

「なに……」

「俺と一緒に来た別嬪の女医者を覚えてないか」

「さあ、真太郎。おまえの出番だ。キチンと捕縛して連れていくのだな」

佐々木は明らかに手柄を譲るという顔つきで、真太郎を見やった。

「……」

「佐々木様……」

「いいから、とっとと縛らないかッ」

嵐山が力尽くで取り押さえた岩村に、真太郎は縄を掛けるのであった。

五

翌日、錦の診療所には、『本日休診』の札は掛かっていないので、近場からの患者が並んでいた。ふだんは、ここ元与力・辻井《つじい》家の屋敷の離れで、病人や怪我人を診ているのだ。

『本日休診』の札が出ているのは、番所医として奉行所に出向いているか、事件探索の手伝いをしているときである。患者は八丁堀という場所柄、与力や同心の妻子か中間《ちゅうげん》が多かったが、近所には商家や裏店《うらだな》もけっこうあるから、誰でも受け容れている。

もっとも、診療所でも奉行所と同じような状況で、本当に病や怪我で来ているのではなく、高嶺の花と承知しながら、美人の女医者と接することが目的の男衆も多かった。中には、本気で口説く者もいたが、錦はまったく聞く耳を持たなかった。それゆえ、男嫌いなのではないかという噂まで流れていた。

「錦先生、近頃、痒い疣《いぼ》が体のあちこちにできてな、夜も眠れないんだよ」

このように、中には深刻な相談に来る患者も多い。

「それは腎の臓が悪いのかもしれませんね」

「え……そうなんですかい……そういや酒の飲み過ぎかなあ」

「肝の臓も心配ですね。腎の臓の働きが鈍くなると体の中の毒が排出しにくくなり、こういうブツブツもできるのですよ」

「なんで、こんなものが……」

「皮膚には毒を排出する働きがあるのですよ。汗だって余分な排泄物が混じってますからね。逆に言えば、このブツブツが腎の臓が弱っていると教えてくれているのだから、お酒を控えて薬で治してみましょう」

患者が痒そうに掻くのを止めて、錦は軟膏を塗りながら、

「まずは、ブツブツに効く当帰飲子《とうきいんし》と〝血《けつ》〟を補う四物湯《しもつとう》など、〝気〟も強くする生薬や痒みを止める生薬を処方しますね。少しでも痒みが収まれば良いのですけれど」

などと治療しているところに、佐々木がぶらりと入ってきた。

「先生……俺も齢なのか近頃、肌がパサパサに乾燥してよ、見てのとおり爪まで割れやがって髪の毛もごっそり抜けやがる」

と割り込んできた。

「ちゃんと並んで下さい。それより明日は奉行所に参りますから」

「御用に差し障るんだよ」

「佐々木さんの場合は虚血ですね。血が足りなくて巡りが悪くなって、寝不足もあって物事に集中もできなくなっているのでしょう。貧血に効く十全大補湯《じゅうぜんたいほとう》を処方して、後で喜八《きはち》さんに届けさせます」

錦が適切に答えると、佐々木は退散するどころか患者を押し退けて、

「大丈夫かい、〝はちきん先生〟は……」

「何がです」

「岩村十内……あの浪人だがな……今朝方、牢屋敷内にて自害した」

「えっ？　どういうことですか」

岩村は、沢田と加納という浪人に、船宿で暴れるよう命じた。そのことで佐々木は昨日、捕縛した上で、真太郎に手柄を譲ったのだが、お白洲で裁かれる前に自分で始末をつけたのだろうとのことだった。

「そんな馬鹿な話はない。奴は浪人の戯言だと言い張っていたのだ」

「……」

「いや、奴が一枚嚙んでいたとしてもだ。牢屋敷内で死ぬのは解せぬ。何があったか詳細に調べようにも、俺たち定町廻りは蚊帳の外。吟味方と牢屋奉行で処理したとのことだが……沢田と加納という浪人についても、『南海屋』とその妻、そして雁次郎を殺したということで死罪となり、早速、牢屋敷内で斬殺された……何か臭うだろう。だから、先生にも何かあっちゃいけないと思ってな」

驚くほどの早い事件の終焉に、さすがに錦も疑念を抱いて、

「まだ診察がありますので、その話は後ほど……」

と帰したが一抹の不安を抱いていた。

同じ疑問を——真太郎も抱いており、直属の上役である高嶋にも問い質していた。

「沢田と加納は、『丸仙』で暴れろと命じられただけです。『南海屋』斎右衛門たちを殺したのは、岩村自身です。そして、自分も怪我をさせられたふりをしていた。なのに、沢田と加納を死罪にするのはおかしい」

「だがな、怪我をさせるほど暴れただけでも、その罪は重い……」

「でも、岩村もすっ惚けていた。真相を暴かない限り、この事件は終わらないではありませんか。このままでいいのですか」

摑みかからん勢いで、真太郎は詰め寄った。だが、高嶋は宥《なだ》めるように、

「御用とて限界がある。仮に岩村が怪しいとしても、死ねば罪は問えぬ……他のふたりも刑を受けたのだから弔うだけだ」

「納得できません」

真太郎は若者らしく、素直な疑問を呈した。悪ガキの頃はあったが、それとて何らかの義憤に駆られてのことで、罪を犯したいわけではなかった。ましてや今は仮にも同心である。真相を曖昧にした上の判断が、どうしても理解できなかった。

「では、高嶋様は、何故、岩村がそんなことをしたとお思いですか。奴は誰に頼まれて、そんなことを浪人に命じたのでしょうか」

「はてさて、俺にはなんとも……」

「そんな無責任なッ。八田錦先生の話では、『長崎屋』謙左衛門と岩村だけが、重症に見せていたけれど浅い怪我だったと判断しております。謙左衛門と岩村は昔から、抜け荷絡みで繋がりがあると分かってきました。だとしたら、此度の事件は、もっと裏があるはずです。奉行所の誰もが思っています」

「誰もが思ってなんぞおらぬ。おまえは考えすぎだ」

高嶋は面倒臭そうに言うと、真太郎はもっと意地になったように、

「いいえ、みんな謙左衛門が怪しいと考えてます。だって、そうじゃないですか。『南海屋』は同じ廻船問屋で、何か謙左衛門の不正を知ったに違いない。だから、殺す必要があった。だけど、ただの暴漢による事件に見せたかった。高嶋様だって、そう思ったはずじゃないですか」

「もうよい。すべては終わったことだ」

「いいえ、まだ……」

「よいと言うに。御用には色々とあるのだ。正義感に燃えるのは結構だが、そここにしておらぬと出世できぬぞ」

「出世……」

「さよう。正論ばかりでは何も解決せず、奉行所にも居づらくなるばかりだ」

まっとうな探索をすることが、御用勤めの妨げになるとでも言いたげだ。

「――もしかして、高嶋様も誰かに忖度でもしているのですか」

「馬鹿を言うな……」

「出世なんて、どうでもいいです。俺は雁次郎の……」

「御用を仇討ちに利用するなど以ての外だ」

「違います。雁次郎が身分や名を偽ってまで、あの場にいたのは、きっと『長崎屋』の秘密や不正を暴くためだったに違いありません。だからこそ、俺はなんとしても……」

必死に食い下がろうとする真太郎に、高嶋は教え諭すように、

「おまえのためを思って言っているのだ。この事件のことは、もう忘れろ」

「佐々木様たちはまだ続けてますよ」

「定町廻りには勝手にさせておけ。俺たちには別の探索もある。永尋《ながたずね》になったまま未解決の事件もあれば、隠密廻りが扱うものの裏付けもしなければならない」

「分かってます。しかし……」

「何をやってももう無駄だ。吟味方筆頭与力の松平様の裁決は評定所も認めたこと。揺るぐことはあるまい」

高嶋はあくまでも事件は終わったことだと告げた。真太郎は得心できなかったが、もう何も言い返さなかった。

その夜——真太郎は単身で、『長崎屋』に赴いて、疑惑をすべてぶつけて、思いの丈を突きつけた。

しかし、相変わらず謙左衛門は自分も被害者で、訳が分からないと言うだけであった。かつての抜け荷の疑いも、「疑いに過ぎぬ」ことで、自分は疚しいことはまったくしていないとの主張を繰り返した。

「おまえのせいで、何の関わりもない句会の者たちが……」

「その話は何度も聞きました。佐々木の旦那からもね。そこまで言うなら、証拠を出して下さいまし。私の怪我が浅いからなんてことではなくて、どんな悪いことをしたのか、なぜ人を殺さなければならないのかをね」

厄介払いでもしたそうな謙左衛門を、真太郎は睨みつけて、

「──俺をなめるなよ、謙左衛門……おまえは俺の親父を殺し、今度は親父代わりだった雁次郎を殺した」

「……」

「俺も多少の悪さはしてきたが、やくざ者にだって、おまえほどの悪辣な奴はいなかったよ……バレなきゃ何をしてもいいってなら、俺も同じ手を使うよ。誰にもバレないように、おまえを始末してやる」

「なにを馬鹿な……それが同心の言う言葉なのですか。それに人のことを悪し様に……思い込みも甚だしい」

若い真太郎のことをサンピン扱いしているが、謙左衛門の目の奥には怒りに満ちたものが現れた。そのまなざしを見て取るや、

「親父や雁次郎は何を調べていたと思う……『長崎屋』がやってるただの抜け荷じゃないぞ……阿片だ。そうだろ」

「……」

「この前の句会だって、ただの集まりじゃない。本当は阿片を吸いながら、楽しんでいたんじゃないのかい」

「何を言い出すのかと思えば……あなたこそ、どうかしているんじゃないですか」

「そう思うなら、かかってこいよ。徹底して、おまえの悪事を暴いてやる。その前に俺を殺しに来てみな。刺し違えてでも、おまえを地獄に落とす」

挑発するように真太郎が言うと、謙左衛門はあえて微笑《ほほえ》み返して、

「いいですなあ。若いということは……威勢があって気持ちがよい。たとえ、それが間違ったことであってもねえ」

と穏やかに店の外まで案内するのだった。

六

異変が起きたのは、翌日の昼下がりだった。錦が北町奉行所に〝達者伺い〟に出向いて帰途に就こうとした矢先のことである。

今し方、堅固の状態を診たばかりの吟味方与力の松平左馬之助が、

「錦先生……ちと、よろしいかな」

と声をかけてきた。

「何処か具合でも悪いところが、おありですか」

「体のことではない……あなたにある疑いがかかったのでな。ここではなんだから、大番屋まで一緒に来て貰いたい」

尋常ではない言い草に、年番方詰所から、年番方筆頭与力の井上多聞《いのうえたもん》が近づいてきながら声をかけた。

「大番屋とは何事ですかな。よければ、この詰所を使うがよかろう」

年番方は退官前とはいえ、与力や同心を支配する立場で、人事にも関わっている。よって、松平は無下に断ることはできないが、苗字が表すとおり、徳川家御一門に当たる家柄ゆえか無情な態度で、

「それには及びませぬ。罪人を取り調べるのは、大番屋でと決まっております。奉行所内の詮議所は、裁きの是非について話し合われる場所。それに、詮議所では〝拷問〟ができませんからね」

と淡々と言ってのけた。

「拷問……とは聞き捨てならぬな。松平殿、子細を聞かせて貰おうか」

井上が錦との間に割り込もうとすると、松平は淡々と、

「それには及びませぬ。お奉行にも話を通しておりますれば」

「筆頭与力にも言えぬことなのかな」

「探索吟味のことゆえ憚られますが、井上様なら、まあいいでしょう。実は先刻、錦先生の診療所……つまり辻井登志郎《としろう》様のお屋敷から、阿片が見つかりました」

断言して、松平は錦をチラリと見た。

ほんの一瞬だけ、錦の目がわずかに動いたが、すぐに冷静な表情に戻って、

「どういうことでしょうか」

と自ら訊いた。

驚いて見ているのは井上も同様であるが、それでも錦を庇うように、

「蘭方医でもある錦先生なら、阿片の類《たぐい》を麻酔薬として持っているのは当然であろう」

「残念ながら外道、つまり手術などに使う医療のものではありませぬ。明らかに抜け荷で得たものが、ドッサリと」

「本当ですか、錦先生……」

井上が心配そうに顔を覗き込むと、錦は至って平然と、

「じっくりお話を聞かせて貰いましょう。まったく身に覚えのないことですから」

と答えた。

「言ったはずです。井上も立ち合うと勇み立ったが、松平は鼻で笑って、お奉行に許された吟味ですから、私に任せて戴きたい。それとも何かご不満でもありますかな」

「いや、しかし……」

「それにしても、錦先生……辻井登志郎様は元吟味方筆頭与力で、私も随分と世話になりました。しかも、あなたの父上の徳之助《とくのすけ》殿は元小石川養生所見廻り与力とはいえ、養生所医師にまでなった御仁なのに、いやはや少々、驚いております」

丁寧な口調ではあるが、明らかに罪人扱いし、女だからと見下したような態度である。男だらけの奉行所にあっても、錦は不当な扱いはさほど受けていないが、不愉快極まりない顔つきの松平には辟易とした。

だが、その内心は表に出さず、直に従うと言った。

――何か裏がある。

ことは百も承知だった。佐々木が懸念していたことが現実となりつつあるようだ。井上は心配して見ていたが、

「大丈夫ですよ、井上様」

　いつものように冷静に、錦は松平に従うのだった。


　南茅場町の大番屋は、錦も慣れた場所である。何度も検屍をし、吟味にも立ち合ったことがある。だが、今日は番所医とはいえ、町人扱いで土間に座らされていた。もっとも縄は掛けられておらず、あくまでも阿片について問い質すという姿勢で、松平は錦と向かい合っていた。

「吟味方の同心も立ち合い、臨時廻り筆頭の高嶋兵庫が辻井様の屋敷を調べたところ、診療所として使っている離れ部屋の床下から、大量の阿片が見つかった」

「……」

「阿片に関わる探索は、隠密廻りとともに臨時廻りが扱っていたのだ。ゆえに、定町廻りの佐々木には内緒にしておった」

「何故ですか」

「佐々木は少々、口が軽いからな。しかも、〝袖の下同心〟との噂もある。年季の入った高嶋の方が信頼が置けるのでな。で、これが見つかった阿片だが……」

町方中間が千両箱ほどの大きさの木箱を、外から四つ運び込んできた。阿片は芥子《けし》の実から採った液汁を干した黒褐色のもので、鼻をつくような臭気がある。大番屋内で立ち合っている与力や同心たちは、思わず鼻を摘んだり、手拭いで口を塞いだりした。

阿片には鎮痛の効能があるが、陶酔させる用もあるため、吸引して快楽を得る者もいる。これを大量に摂取すれば、昏睡状態になって呼吸が乱れることもある。だが、それでも快感が上廻るのか、自制が利かなくなるのだ。

天保の治世、清国での阿片戦争の話も幕府には入ってきており、栽培や使用は禁止されていた。もっとも日本にあっても、上方などでわずかな量は栽培されており、麻酔や下痢止め、強壮剤、また咎人への自白剤としても使われていた。大坂道修町《どしょうまち》で特定の薬種問屋が製造をしていたが、かなりの高値であった。それゆえ、清国からの抜け荷と一緒に阿片を手に入れる闇の業者も少なからずいたのだ。

「――だから、先生のような蘭方も良くしている医者が、阿片を必要としているのは承知している。特別に公儀に認められ、外道などのために阿片を使うのは結構なことだが、抜け荷までは許されておらぬ」

「医術のために使うものはありますが、床下の阿片など身に覚えがありません」

「ほう。先生ともあろう御方が白を切るとは……いつも咎人に対して凜然と詰め寄る先生にしては歯切れが悪いですな。悪党が使う科白そのままだ」

明らかに疑っている態度の松平だが、逆に錦の方が尋ねた。

「私はそんなに信頼されていないのでしょうか」

「あくまでも知らぬと申すか」

「番所医として奉公している限りは、松平様たち与力同心と同じく、私心なく正義に基づき、威儀を正して職務を遂行してきました。探索は私の仕事ではありませんが、殺しや不審な病による死体を検分もしました。つまり同じ町奉行所の仲間だと思っておりました」

錦はあくまでも冷静に話したが、松平はもはや聞く耳を持たぬとばかりに、

「やはり、あなたも我が身のこととなると、言い訳三昧なのですな。凡庸な女医者に過ぎぬということか。潔く罪を認めて刑に服すると思っておったが、買い被りの

ようだった」

「……」

「阿片を不当に扱えば、御定書百ヶ条《おさだめがきひやつかじよう》により遠島や死罪もあり得る。もし、何らかの薬と称して患者を楽にするために処方したりしておれば、偽薬や騙《かた》りにも該当するゆえ、獄門に当たる罪だ。まだ嘘を通すか。もはや……」

畳み込むように松平は迫ったが、平然としている錦の態度に、むしろ驚いて次に発する言葉に詰まったようだった。錦は松平の目を見つめたまま問い返した。

「もしかして、船宿『丸仙』の事件と関わりがありますか」

「なに……？」

「何か私が、松平様にとって不都合なことを証しましたかしら」

「どういう意味だ」

「岩村という浪人、そして沢田、加納の三人があまりにも早々と処刑されたり、切腹したのはとても不自然です」

「そうかな……」

「船宿『丸仙』で起こったことを明らかにするには、まだ生かしておくべき重要な証人だったと思いますが」

「……」

「何かを探るため……いえ、この際、はっきりと申し上げましょう。抜け荷のうち、就中《なかんずく》、阿片探索のため潜入していた岡っ引の雁次郎親分までもが殺されたのです。佐々木さんも真太郎さんも、そのことで躍起になっており、松平様にも報告しているはずです……松平様は如何、お考えですか」

一気呵成に言い切った錦に、松平はほくそ笑みながら、

「口も達者な錦先生だということも承知しておる。そうやって話の矛先を逸らして、煙《けむ》に巻くのも得意中の得意と人伝《ひとづて》に聞いたことがある。さすがだが……」

「煙に巻いているのは、松平様ではございませんか？」

錦は毅然とした態度で、周りにいる吟味方与力や同心たちを見廻しながら、

「此度の『丸仙』の事件の場に、最初に出向いたのは佐々木様と嵐山親分でした。皆さんもよく知っている方ですよね。そのときは、訳の分からぬ浪人がふたり乗り込んできて、無差別に殺した……と思われました」

と話し始めると、松平は止めようとしたが、他の与力たちが、「阿片と関わりが

あるかもしれぬから、聞くだけ聞きましょう」と言ったので押し黙った。錦は続けて、

「ところが、亡くなった『南海屋』主人の斎右衛門さんと傷の浅かった『長崎屋』謙左衛門さんは、抜け荷に関わっていたのではと疑いが出ました。『南海屋』は『長崎屋』の手伝いをさせられていただけのようですが、阿片のことに気づいて、謙左衛門さんを諫めた節がある……と佐々木様が調べてきました」

「……」

「案の定、雁次郎親分はそのことで、斎右衛門さんに近づいていた節があります。それは、元々自分に御用札を預けてくれた、清野博之介様のための意趣返しでもあったわけです。息子の真太郎さんも、そのことに気づいて探索に力が入りました」

そこまで話してから、錦はキッパリと言った。

「岩村たち浪人三人が処分されたことで、ハッキリしたのは、誰かが口封じをしたということです。それは誰でしょう……」

吟味方与力や同心たちは黙ったまま錦を見ている。

「船宿での騒ぎは、『長崎屋』謙左衛門さんが用心棒の岩村に命じて起こしたものです。ふたりの関わりは、松平様もご存じですよね」

「知らぬ」

　松平はすぐに否定したが、錦はあくまでも冷静な表情で、

「知っているはずです。十年前の『長崎屋』の抜け荷の一件でも、謙左衛門さんと岩村の両名を取り調べているはずですが。その頃、松平様はまだ筆頭与力ではありませんがね」

「……だから何だと言うのだ。この吟味は、おまえが阿片を隠し持っていたということを調べておるのだ」

「では、この阿片ですが……」

　錦は目の前に置かれている阿片の入った箱を指して、

「私は医術のために、日本橋の薬種問屋『淡路屋』さんから仕入れたものを使っております。大坂道修町からいらして、父の頃から昔馴染みの幸右衛門《こうえもん》さんが主人ですから、間違いありません」

「それとは別に、抜け荷をしていたことが、明らかなのだ。この阿片をな」

松平は扇子で箱をコツンと叩いた。

「ならば、中身を詳細に調べてみて下さい。ものによって、芥子の実から作る液汁の醸成の仕方が違いますから、私の使っている阿片とは違います。それは『長崎屋』にあるものと一致すると思いますよ」

「なんだと……」

「あの船宿でも阿片を楽しんでいた節があります。その場に残っていた阿片もありましたからね。かように色々と不審な点があったので、実はもう『長崎屋』にあったものを、佐々木様が差し押さえており、小石川養生所の松本璋庵先生が調べていると思います」

「——出鱈目《でたらめ》を申すな……」

わずかに松平の表情が強張ったが、錦はすました顔で、

「事実が分かれば、『長崎屋』謙左衛門さんが指図したことが分かるはずです。でもまだ疑念が残ります……その謙左衛門さんに、『南海屋』夫婦と雁次郎親分殺しを命じたのは、誰かということです」

「……」

「心当たりはありませんか、松平様……」

錦の態度が生意気に見えたのであろう。松平は感情を露《あらわ》にして、

「さてもさても、屁理屈を捏ねるのは医者の性《さが》かもしれぬが、大見得を切れるのもここまでだ。今日から小伝馬町の女牢に入って貰う。己の犯した罪をじっくりと反省するのだな」

と命じるのであった。

「畏れながら、入牢には町奉行直々の命令が必要であり、牢屋奉行の石出帯刀《いしでたてわき》様の使いが迎えに来るのが手順です。たとえ吟味方与力であっても、牢に入れる権限はありませんよね」

「……」

「私も獄医として何度も牢屋敷には出向いております。石出様とも顔見知りです。無理無体をすればするほど、自分の首を絞めることにはなりませんか」

あまりにも堂々と対処する錦を、吟味方の面々は緊張の面持ちで見ていた。

七

結局、錦は規則通り、大番屋の牢部屋に逗留させられることとなったが、そのことは佐々木や真太郎の耳にも入っていた。阿片の一件は、明らかに松平による罠であると思ったふたりは、遠山《とおやま》奉行に直談判していた。

だが、遠山景元《かげもと》は松平のことを信頼しており、松平の主張がまったくの出鱈目であるとは思えなかった。もっとも、錦が阿片の密輸に関わっているとも考えられない。

「お奉行……私は松平様こそ怪しいと思っております」

佐々木が不躾に言うと、さすがに遠山も苦々しい顔になって、

「松平は御一門の出でありながら、御家人に身を置いてまで、町方吟味方与力を務めてきた。ひたすら正義を追求するがためだ」

「いや、しかし……」

「まあ、聞け。世の中はいくら掃除をしても悪いタネは消えぬ。悪人もいなくなら

ぬ。松平は学問所でも一番を究めるほど勉学にも勤しんだ。そして自分が目指したのは、ひとつひとつの悪事を潰していくことなのだ」

遠山が松平を吟味方に据えたのも、世の中の膿を地道に出していくためだったという。

「これまでも危ない橋を幾つも渡ってきた。松平の吟味によって真相が暴かれた事案がどれほどあるか、おまえも知っておろう」

「はい。ですが今度ばかりは……」

佐々木は必死に食い下がって、松平のおかしな点をあげつらった。浪人たちの暴挙をろくに調べもせず処刑したり、岩村が牢内で自死したこともおかしいと訴えた。

「沢田と加納については、むろん松平の吟味を参考にした上で評定所に諮って決定したこと。岩村についても同様で、牢内で鍵役同心から脇差しを奪って自刃に及んだことは、牢屋奉行の石出帯刀が責任を取ると申し出てきた」

「しかし、お奉行は不問に付しました。何故ですか」

「油断をした鍵役同心こそ責められるべきであり、また岩村は自らの罪を認めていた。首を刎ねられるくらいなら、武士らしく潔くと思ったのであろう」

「――もしかして……此度の一件には、お奉行様も何か関わっているのですか。もっと深い闇があるのですか」

いつになく佐々木が正義感に燃えて訴えようとすると、遠山は松平と同じような顔つきになって、手を挙げて止めた。それ以上言うと強権を持って処分するぞ、とでも脅しそうな態度である。

「も、申し訳ありません……私は、名奉行であらせられる遠山様が悪事に加担しているなどとは露ほども思っておりません。しかし、小さなことにでも目を瞑るとなると……」

「瞑ってなどおらぬ。俺は〝閻魔の目〟を持っていると自負しておる」

「ならば、松平様の強引さ、『長崎屋』謙左衛門の嘘を見抜いて下さいまし」

それでも佐々木が食い下がろうとすると、真太郎の方が前のめりになって、

「私からもお願いでございます。父は、謙左衛門に殺された疑いがあります。永《なが》尋《たずね》にすらならず、何者かに殺されたかもしれないのに、あっさりと水死と片付けられました」

「……」

「ですから、私は……」

　感極まって声が詰まった真太郎に、遠山は慈悲深い顔を向けながらも、

「俺が北町奉行になる前のことだが、承知しておる。辛いだろうが、思い込みから事件が解決した試しはない。しかも、此度のこととは関わりあるまい。おまえは高嶋の下で、もっと修業をしろ。そして、佐々木……」

　と佐々木に向き直って、

「後は松平に任せるがよい。唐物抜け荷などの一件は、隠密廻りや臨時廻りに命じておるゆえ、おまえは他にも抱えておる事件を丹念に探索せい。よいな」

「いえ、しかし……」

「くどいぞ」

　静かな声だが、遠山がそう言ったとき、真太郎は立ち上がって、

「なんだ、こりゃ。俺はもっと骨のある町奉行様かと思ってたが、どこが名奉行だ。昔のことは諦めろ、今起こっていることには目を瞑れ……それが名奉行なら、こんなものいるもんかッ」

　と十手を床に叩きつけて、足を踏み鳴らして廊下から立ち去った。佐々木の方が

おろおろして、

「おい、真太郎！　こら、待て！」

と遠山に頭を軽く下げると、大慌てで追いかけるのであった。

そんなふたりを見送っていた遠山は短い溜息をついて、

「あの親父あって、この息子ありか」

と呟いた。


その夜――佐々木と真太郎は、鉄砲洲《てつぽうず》の『南海屋』近くの路地に潜んでいた。

主人と内儀が亡くなったことで、番頭の富兵衛《とみへえ》と手代らが後始末に追われていた。どうやら店は続けるようだが、奉公人たちの一部は他の廻船問屋や別の商家に移る手立てをしているとのことだった。

「おまえは知らぬかもしれないが……」

佐々木はおもむろに話し始めた。

「天保六年のことだから、もう数年前のことになるが、越後の村松浜《むらまつはま》という所の沖合で、薩摩の廻船が難破したことがある。その船には、唐薬や鼈甲《べっこう》、唐織物などの御禁制の品々、数十種類が積み込まれていたため、村松の漁師小屋に隠して、船頭や水主らは旅籠《はたご》に身を隠していた」

「聞いたことがありますよ。そのときの船頭が、『南海屋』番頭の富兵衛だったのでしょ」

「真偽は分からぬが、その翌年に御禁制の品を売ったことがバレて、船主は遠島や追放の刑を受け、中には獄死した者がいる。だが、船頭の富兵衛だけは何故か、お咎めなしだった。船を操舵していただけで、船荷のことはまったく知らなかったからという理由だ」

「それは、おかしな話だ。船頭が荷物の中身を知らないわけがない。しかも、抜け荷なら、沖合で異国船と取り引きするはずだから、白を切るにも程がある」

「さよう。万が一、知らなかったとしても、不正の物を売買すれば、身代を召し上げられる。件《くだん》の船に乗っていた加賀の薬種問屋の手代は、唐薬……さらには阿片を扱っていた咎で重い刑を受けた」

「……」

「だが、目の前にいる富兵衛だけがお咎めなしになったのは、『長崎屋』謙左衛門の申し出により、松平左馬之助が裁断したためだ」

佐々木の話を聞いていると、自分の父親の事件も改めて謙左衛門の手によるものだと確信を得た気持ちになった。そして、裏には松平左馬之助がいるに違いないと。

「酷いな。取り締まる側と咎人が結託していたとしたら、何でもありになってしまう」

真太郎は表通りに飛び出ると、パッと『南海屋』に向かって駆け出した。

「馬鹿。まだ早いんだよ」

と佐々木はぶつくさ言いながらも後を追った。

店の前まで来た真太郎を、富兵衛は吃驚したように振り返った。

「今日は何の御用でしょうか……」

富兵衛が言い終わらぬうちに、真太郎は相手の胸ぐらを摑んで頭突きをかました。あまりの衝撃に富兵衛は目が廻ったが、真太郎は構わず平手をくらわし、崩れたところをさらに蹴倒した。

突然のことに富兵衛は悲鳴を上げられなかったが、追いかけてきた佐々木は止めようともせず、黙って見ていた。

「さ、佐々木の旦那……な、何ですか、これは……」

救いを求めて差し出す富兵衛の手を摑んで、佐々木も顔面に頭突きを浴びせて、

「『長崎屋』謙左衛門はおまえの命の恩人だ。本当なら死罪だったろうぜ、越後での抜け荷の一件でな」

「えっ……」

「だから、その後も謙左衛門の言いなりになって、『南海屋』で阿漕《あこぎ》なことをしてきた」

「……」

「正直に話せば、命だけは助けてやる。嫌だと言うなら、この場で弾みで殺したことにしたっていいんだぜ、富兵衛様よ」

まるで、ヤクザ者の脅しである。だが、佐々木の態度に、大人しく聞いていた富兵衛の態度がガラッと変わった。それこそ、ならず者の地金丸出しで、

「町方同心のくせに、こんな乱暴な真似をしていいのかい」

「この真太郎は十手を奉行に突っ返してまで、ここに来た。おまえを身動きできない体にしてでも、白状させたいことがあるからよ」

佐々木は詰め寄りながら十手を、肩に叩きつけた。ボキッと鎖骨が折れる音がした。富兵衛が悲鳴を上げると、店からぞろぞろと手代が飛び出してきた。いずれも、まっとうな商人の様子ではない。どうやら、富兵衛が束ねているならず者のようだった。中には腕に入れ墨を彫った者もいるようだ。

「なるほど……おまえたちが抜け荷と阿片担当というわけかい」

「黙りやがれッ」

手代たちは町方同心らと承知の上で、匕首《あいくち》を抜き払うと一斉に佐々木と真太郎に躍りかかった。佐々木は素早く抜刀すると、その中のひとりの腕をバッサリと斬り落とした。

鮮血が飛び散って、富兵衛の顔にかかる。佐々木は遠慮なく、ふたりめも斬ろうとすると、富兵衛は悲痛な声で「殺せ、殺せ！」と、叫びながら手代らの背中を押した。だが、佐々木の鬼夜叉のような形相に、手代たちは尻込みしてしまった。

真太郎も変貌した佐々木に度肝を抜かれて、立ち尽くしている。

「遠慮することはないぞ、真太郎。こいつらは刃物で殺しにかかってきたんだ。斬られたら、どれだけ痛いか教えてやれ」

「えっ……」

「怯むんじゃねえ。こんな輩は口で何を言っても通用しないんだよ」

佐々木は大声で言い、匕首を投げ捨てて逃げようとする者まで威嚇して追いかけようとした。真太郎も真似て抜刀して、ブンブンと振り廻すと、手代たちは離れていった。

富兵衛も驚きのあまり後退りすると、尻餅をついて転んでしまった。その顔に切っ先を突きつけた佐々木は、

「おまえもいつもは『丸仙』の句会にいるそうだが、あの日はいなかった。惨事が起こるのを知ってたからだろ。いや、あの浪人ふたりも実はおまえが用立てたのではないのか」

「……」

「斎右衛門が死んだ後は、おまえが『南海屋』の主人に収まって、これからも『長崎屋』のお先棒《さきぼう》を担ぐ算段でもしてたか」

血糊の付いた刀を目の前に突き出されて、富兵衛は俄に震えだした。

「ま、待ってくれ……俺はただ……抜け荷の手伝いをしてただけだ……」

「阿片も扱ってたな」

「あ、ああ、そうだ……」

「斎右衛門と『長崎屋』の謙左衛門とは、その分け前で揉めたか」

佐々木がさらに刀を喉元に近づけると、富兵衛は目を閉じて、

「ち、違う……斎右衛門は何も知らない……ただのお飾りの主人だった……抜け荷をしてたことすら知らなかったんだ」

「なら、どうして殺した」

「お、岡っ引の雁次郎が調べに来て、抜け荷のことを知った斎右衛門は、謙左衛門に利用されていたことを知ったんだ……万が一、お上にバレても、潰されるのは『南海屋』だけだと……だから、抜け荷のことをお上に訴えると直談判しようとしたんだ」

「なのに句会に出たのか」

「ああ……そこなら他に何人もいるから、証人になってくれると思ったのだろう」

「それが罠とは知らず、主人はのこのこでかけて、それを他の者たちも犠牲にしてまで、浪人たちに殺させたというわけか。内儀も一緒に」

「――そ、そうだ……岡っ引を殺すのも狙いだった……」

　ここまで話したのだから命だけは許してくれと、富兵衛は手を合わせた。自分も謙左衛門の下っ端に過ぎず、殺しには関わってないと言い張った。だが佐々木は刀を引っ込めず、

「もうひとつ訊く。〝はちきん先生〟……いや八田錦先生の診療所から見つかった阿片は、おまえたちが運び込んでいたのだな」

「は、はい……」

「誰に頼まれたのか、ハッキリとお白洲で話すことができるな」

　佐々木が念を押したとき、背後に高嶋が立った。

「それくらいにしておけ、佐々木……」

　佐々木が振り返ると、真太郎が身動きできぬように刀を突きつけられていた。

「!?――何の真似です……」

「おまえとてガキじゃあるまい。世の中、色々とあることとくらい分かってるだろう」

　高嶋に話しかけられ、佐々木の気が逸れた一瞬の隙に、富兵衛は駆けて逃げ出し

た。

「のう、佐々木……おまえはまだ働き盛りだから何も怖くはなかろうが、俺のようにもうすぐお払い箱になる身には厳しい渡世だ……金が要るんだよ」

「だから、『長崎屋』の抜け荷に目を瞑れと？」

ジロリと睨み返す佐々木に、高嶋は寂しげな目を向けて、

「同じ釜の飯を食った仲じゃないか、なあ……いずれ、おまえにも分かる」

「聞き捨てなりませぬな」

「おまえが見廻り先の大店《おおだな》から袖の下を貰うのと、俺が『長崎屋』から手当てを受けるのと何の違いがある」

「俺は殺しの手伝いはしませんがね。抜け荷が少々のお目こぼしとも思えませぬ」

「さようか……」

「しかも、そうやって部下を刀で脅すとは、さてもさても自分の罪を白状したも同然ですな。高嶋様……真太郎は死ぬのを覚悟で、十手をお奉行様の前で叩きつけてまで、『南海屋』に探索にきたのです。どうぞ、殺してやって下さい。そしたら、俺が高嶋様を直ちに捕縛しますれば」

　佐々木はからかうように言ったが、カッと睨みつけた。高嶋はニタリと笑い、

「――むふふ……おまえたちふたりも、錦先生と結託していたのだな。しかも『南海屋』と通じていたとは……逆らって斬ってきたから、返り討ちにしたことにする」

　と真太郎を斬ろうとした。

　そこへ、小柄《こづか》が飛来して高嶋の背中に命中した。体が崩れた瞬間を逃さず、真太郎が高嶋の腕をねじ上げて、その場に組み伏せた。すぐに佐々木も加勢して、高嶋から刀を奪い取った。それでも、高嶋は「貴様ら、許さぬぞ」と奇声を上げているが、佐々木は取り縄を掛けるのであった。

　すると、暗闇の中に――ふらりと人影が現れた。どうやら小柄を投げた者のようだった。顔はハッキリとは見えないが、背が高く、いかにも偉丈夫で正々堂々とした態度だった。

　近づいてくるその男の顔を見て、

「あっ。つ、辻井様……！」

　と佐々木は思わず声を上げると、すぐに控えるように腰を屈めて挨拶をした。

「随分とご無沙汰しております。お元気でございましたか……」

「相変わらず乱暴な手口を使うものだな」

佐々木に小言を洩らしてから、辻井と呼ばれた人影は高嶋に向き直って、

「おまえも晩節を汚すような真似をして、恥を知れ。昔は遣り手で通っていた同心なのに、金に目が眩むとは……情けないのう」

と、ぼやくように言った。

直ちに、南茅場町の大番屋まで、佐々木と真太郎が、縄で縛った高嶋を連行した。

扉を開けた途端、高嶋を土間に押し倒すと、座敷にて行灯あかりで書見をしていた松平が、「何事だ」と腰を上げた。

「夜分に申し訳ありません。高嶋様がすべて吐きました。逃げた『南海屋』の番頭・富兵衛も嵐山が捕まえ、『長崎屋』謙左衛門もおっつけ連れてくると思います」

「……」

「お分かりですよね。まずは、八田錦先生を牢部屋から出して下さい」

佐々木が促しても、松平は無言のまま、項垂《うなだ》れている高嶋を見下ろしていたが、

「何の真似だ。子細を申せ」

と強い口調で言った。すると、

「それは、明日、お白洲でじっくり聞かせて貰うとしよう」

声があって入って来たのは、着流しではあるが、遠山左衛門尉《さえもんのじよう》であった。

「お、お奉行……！」

「つい先程、辻井登志郎が来てな、娘同然の錦の身柄を受け取りたいとのことだ。無実の罪を背負わされては、あまりにも不憫だとな」

「辻井様……」

「しかも、自分の屋敷が利用されたせいか、隠居しておるのに腰を上げるのが早い」

「……」

「昔取ったなんとやらで、辻井も色々と此度の一件を調べていたらしい。真太郎の父親が追い詰められて死んだ……昔の事件も解決できずに負い目があったそうだ」

遠山が凝視しながら言うと、松平は困惑したように腰を浮かせて、

「いや、それがしの調べでは……」

「謙左衛門も富兵衛も、そして高嶋もみな吐露したのだ。下手人に自白させる辻井

の技量は、まだ衰えていなかったとみえる」

「――そやつらが何を言ったか知りませんが、私は何も……」

「それも明日、じっくりと話せばよい。いずれが正しいか、残された証拠で明らかになろう。己が欲望のために、人を虫けらのように扱うとは吟味方与力とは思えぬがな」

朗々と言い切る遠山の声に、肩を落とす松平の顔からは血の気が引いていた。

その夜のうちに、錦は八丁堀の辻井の屋敷まで帰った。

母屋から行灯あかりが洩れているので、急ぎ足で向かうと、その部屋の中では中間の喜八が着物を畳んでいるところだった。

「おじさまは、湯にでも入ってるのですか」

離れ近くにある風呂場から湯気が立っているのが見えたのだ。

「これは、お嬢……いや錦先生。旦那様なら、もうとっくに帰りました」

「帰ったって……」

「向島の寮にです……たぶん」

「たぶん……？」

「もしかして、女の所かもしれませんしね。あ、これは失言」

喜八は笑って口を押さえて、

「とにかく無事でよかった。旦那様は、錦先生がすぐに帰ってくるだろうから、それこそ湯を沸かしてやっておけとね」

「なんだ。顔ぐらい見せてくれればいいのに……」

「どうしてでしょうねえ。私も引き止めたのですが……それより明日は、近場の人たちが診察を受けにきますから、じっくりと湯につかって休んで下さい。とんでもないことに巻き込まれましたな」

労るように喜八は言うが、錦としては辻井に礼の一言くらい述べたかったのだ。

廊下に出て空を見上げると、真っ黒な空にくっきりと三日月が浮かんでいた。

第二話　善悪の彼岸

一

八丁堀の町方与力や同心の組屋敷は、浪人や町人、医師などに間借りさせていることが多い。特に妻子のいない独り者は、空いている部屋や離れを貸すことで店賃を得て、家計の足しにするのだ。三十俵二人扶持の同心には大助かりだった。

もっとも八田錦は、父親の親友である元吟味方与力の辻井登志郎の屋敷を只で借りている。辻井は退官する折、それなりの退職金や功労金を得ており、食うには困っていない。ゆえに、

――実家のつもりで使え。

と言われるままに親切を受けているが、診療所を開くことが条件だった。近場に町医者が少なかったからである。錦にとっても、番所医として奉行所に出向くのに

便利な場所柄ゆえ、願ったり叶ったりだった。

辻井家の隣には、一筋の通りを隔てて、宇都宮孝助《うつのみやこうすけ》という御出座御帳掛《ごしゆつざごちようがかり》同心の屋敷があった。同心の屋敷は与力の三分の一くらいの広さだが、それでも六十坪から百坪近くあり、離れや中間部屋も調っていたから、長屋同然に数人が住んでいることもあった。

宇都宮家は、当主の孝助と妻の初江《はつえ》、十歳になる息子・勝一《しよういち》の三人暮らしだったから、離れなどはまったく使っていない。そこで、若い夫婦者を住まわせたのだが、いつものろけてばかりで、大家である宇都宮の方が困ってしまっている。

御出座御帳掛同心とは、奉行所から評定所に提出する事件内容の名簿や書類を作る役職である。評定所は今でいう最高裁判所のような所だから、重罪を合議で裁き、さらに老中や将軍から裁可を受ける。その元となる訴訟記録を作るのだから、常に神経が磨り減る仕事だった。

重要な案件ばかりなので、書類を屋敷に持ち帰ることはできないが、下準備や調査などに手間がかかる。家で作業をしていると、

「あはん、うふん……」

などと艶っぽい夫婦の営みが、離れから聞こえることがあるので仕事にならぬ。それどころか年頃の男の子がいるので、親としても困っている。出て行って貰いたいのだが、大家として受け容れた以上、無下にはできない。

しかも隣には、美人で誉れの高い八田錦がいると知って、亭主の方は用もないのに辻井家に入り浸る。それで妻と揉めるのが日課のようになっていた。

亭主は一応、普請問屋に奉公している八十吉《やそきち》という三十絡みの男で、女房のお杉《すぎ》も同じ年頃であろうか。どうやら前の奉公先の内儀と出来てしまって、駆け落ち同然で江戸に来たという。

「ならば、不義密通ではないか」

と事情を知った宇都宮は困惑したが、主人の正式な妻でなく、奉公人のひとりだったらしい。つまり、主人が手を付けた女に、八十吉がさらに手を付けて逃げたということだ。

かような夫婦だと初めから知っていれば、部屋を貸さなかったであろう。評定所に関わる役職だけに、妙な噂でも立てば御役御免にもなりかねない。

そのような事情など何処吹く風で、脳天気な八十吉とお杉は、今日も錦の診療所に来ては、夫婦喧嘩をしていた。

「おまえさんたら、若くて綺麗な先生だと思って、悪い所もない癖になんで来るの」

「うるせえやい。おまえこそ、そのおたふくみたいな顔を治して貰え」

「言ったわね。あんたこそ、あんな小さいくせに偉そうにするんじゃないわよ。もっとでっかくして貰いなさいな」

「な、なんだと、このオ、人前で亭主の恥を晒しやがって！」

などと罪もないやりとりだが、本当に病で来ている患者にはいい迷惑だった。

そんなある日、激しい雷雨の夜だった。

稲光が空全体に広がって、恐ろしいくらいだった。ぬかるみに足を取られながら、頬かぶりをした辻井家の中間・喜八が、びしょ濡れで辻井家に帰ってきた。

「た、大変だあ！」

着物の裾からも水がダラダラ流れている。その水も絞らず、診療所にしている離れに飛び込んできた喜八が叫んだ。

「お嬢。大変でございます。柿右衛門《かきえもん》さんが自害を図りました……く、首を吊ってッ」

「なんですって」

唐突だったが、錦はすぐにそれが『北条屋』の主人だと分かった。隣の八十吉が奉公している普請問屋でもある。

「どうします、お嬢……いや錦先生……『北条屋』の柿右衛門さんですよ。まずいことになりましたね、これは……前々からお嬢にも気をつけるようにと申し上げていたのに……もしお嬢が責めを負うことになったら……ああ、どうしたものか」

ずぶ濡れのまま頭を抱えている喜八の方が、どうかしたかのように錦には見えた。たしかに近頃、柿右衛門は少しばかり態度や気持ちが不安定で変であった。事あるごとに、「あいつのせいだ」「いや、お上が悪いんだ」などと何でも人のせいにしたがった。

もっとも喜八の動揺ぶりは、慣れぬ介助の仕事を、錦が喜八に押しつけていたせいかもしれない。元々、生真面目な気質《たち》のせいか、患者らに対して様々な重責を感じていたのだ。

柿右衛門が錦に、気の病かもしれぬと相談に来たのは半年余り前だった。

大店の主人が商売に行き詰まって、人に言えぬ悩みを医者に告白するのはよくあることだ。しかも、錦のように〝付かず離れず〟で、かといって冷徹ではなく、適切な話し相手になれる女医者は患者に好まれた。

柿右衛門の方も追い詰められた雰囲気があったわけではない。どちらかというと、いつもは明るくて親切な人物であった。色々と悩みはあるのだろうが、思い詰めて自害に及ぶとは、錦はみじんも考えていなかった。首を吊ったという喜八の言葉に困惑を覚えた。

「本当に柿右衛門さんは……首を吊って自害したのですか」

「いや、そうではなくて、首は吊りましたが、手代がすぐにみつけて、〝がはは先生〟こと山本宝真先生の所に運ばれて、一命は取り留めたそうです」

山本宝真の診療所は深川の大横川沿いにある。深川には材木問屋が多いため、普請問屋の『北条屋』も商売柄、すぐ近くだったのだ。

「助かった。それは良かったけれど……先に言いなさいよ」

安堵したような錦が手拭いを差し出すと、喜八はそれで顔を拭きながら、

「でも意識は失ったままで、呼吸や脈が乱れておりますから、まだ危ないそうで

す」

「宝真先生なら何とかしてくれるでしょう」

錦はほっと溜息をついて、

「私も気になるから、行ってみますね」

「えっ、今からですか。私はもう……勘弁して下さい。冷たい雨も酷くなったし」

などと話していると、隣の八十吉が飛び込んできて、

「そういうことなら、俺が一緒に。旦那がそんなことをしたなんて、じっとしていられねえやなッ」

といきり立ったので、喜八は訝しんで手拭いを投げつけた。

「おまえ……なんで、こんな所に」

「喜八さんが傘も差さずに走って帰って来てたのを見かけて、何事かと……」

「怪しいな。まさか、錦先生の部屋を覗き見してたんじゃあるまいな」

「覗き見るなら風呂場でしょ。そんなことより、早く。お供致しやすよ、へえ。あっしはこれでも普請場の組頭で、毎日、永代橋を渡って新須賀《しんすか》に出向いてるんで、道案内を致しやす」

新須賀とは、永代橋の少し上流の一角にある洲ができやすい所で、何年も浚渫《しゅんせつ》工事を繰り返していた。その上流には幕府の御船蔵《おふなぐら》があって、出入りする船の航行の邪魔にならないように、常に川底を浚《さら》っていたのだ。

その洲を逆に利用して、大川御船蔵前出洲《でず》などの土砂を浚って埋め立てられて出来たのが、新須賀清水町《きよみずちょう》である。しかし、元々、洲を掘り上げて、土砂を移すという普請は大がかりの割には地盤が弱い。だから、近年は地固めを含めて、様々な手直しをしていた。

公儀から普請を命じられるのは業者ではなく、町名主《まちなぬし》である。しかも、大伝馬町や南伝馬町、小伝馬町の町名主に命じられることが多かった。これらの町名主は代々、大川の浚渫を請け負っていた。

大伝馬町はその名のとおり、幕府の御伝馬役《ごてんまやく》を担っており、公役《くやく》の伝馬や人足の提供や書状の逓送《ていそう》、江戸城への米や炭、薪などの運送が主な役儀だった。扶持米や助成地が与えられ、拝借金の許しもあったが、かなり苦しい台所事情であった。その上に、金のかかる浚渫事業である。

割の合わない仕事ばかり押しつけられる、と日頃から悩んでいたのは、下請けの

『北条屋』の柿右衛門だったのだ。

「では八十吉さん。一緒に来て下さい」

錦は傘を差し出した。

「がってんでえッ」

頷く八十吉は、錦と出かけるのが妙に楽しそうな顔つきだった。喜八は気になったが、足腰が言うことをきかなかった。

二

夜が更けるに従って、雷雨はさらに酷くなってきた。

雨が何日も降り続くと土砂が溜まり、それが盛り上がって、埋め立てた洲を逆に押し流すこともある。近年続いた地震で地盤が緩んでおり、元々、土砂や瓦礫が埋まっている所ゆえ、一旦、崩れ出したら危険だ。埋め直す作業がさらに困難になってくる。

そうなると、人足たちを増やして、賃金も上げなくてはならない。にも拘わらず、公儀からの援助金は決まっているから、『北条屋』のような下請けが、借金をせざるを得ない状況にすらなるのだ。負担を軽くするために、町会所《まちかいしょ》は無利子で金を貸したり、浚渫事業については借金の返済期間を延ばしたりしていた。そんな中で、生来、生真面目な柿右衛門は、今後の対策について苦慮していたのである。

「いわば、俺たちのために借金をしているようなもんだ……それにしても、首を吊ることはなかったのに……」

八十吉が悔しそうに言うと、錦も頷いて、

「不思議なことに、真面目な人ほど自分を追い込み、ひとりで解決をしようとする……なんとか、柿右衛門さんは無事でいて欲しい」

「でないと、これまでやってきたことも無駄になってしまうもんな……あ、これは旦那からも聞かされていたもんで」

「……」

「元々、御公儀から命じられたのは、御伝馬役なのに、すべて下請けが押しつけられたんだ。『北条屋』だって普請問屋とはいえ、山のような土砂を運ぶのは慣れてねえのによ」

「御公儀が押しつけ、町人が犠牲になってることは時にあることね……でも、柿右衛門さんが頑張ったお陰で、仕事がなかった人たちに潤いをもたらしたのも事実。仕事にあぶれていた人たちを助けたのだから、もっと褒められていいと思う」

「世間は必ずしも、そうは思ってねえ」

八十吉は錦を振り向きもせず、不満げな声で、

「誰もやりたがらない浚渫だったから、『北条屋』は普請を独り占めしているようなものだった。『北条屋』は、人のやらない汚れ仕事をしていたんだ。糞が詰まったような溝《どぶ》浚いだってそうだぜ」

「……」

「誰も仕事を受けないから、『北条屋』の専業になっただけなのに、大きな儲けが出ると、お上に賄《まいない》でも渡して自分だけがいい目をしているとか、根も葉もない噂が流れたんだ」

「まあ、世の中そのようなものでしょう。でも、言いたい放題は許せませんね」

「でやしょ。でも、商人ってのは、どんな小さな噂でも気にするんだよな」

「ですね……何とかしないと……」

錦は浚渫事業については素人だが、町奉行所が町人に一方的に丸投げだということは知っている。遠山左衛門尉の顔がチラリと浮かんだが、どれほど庶民のことを気にかけているかは、錦にも理解できなかった。

ふたりが町医者の宝真の診療所に来たときには、まだ柿右衛門は意識が戻っていなかった。不惑の年を迎えたばかりとはいえ、長年の苦労が祟った老人のように見えた。頸部を圧迫されて血の巡りが悪くなると、脳がまったく働かなくなることも懸念される。

「――気持ちよさそうに眠っているだけのようだが、このままでは命に関わる」

宝真は予断は許されないと首を横に振った。

「治る見込みはどうなのですか」

錦の問いかけに、宝真は今のところははっきりとは言えないと答えたが、

「しかし、脈や呼吸が少し正常に戻りつつあるので、薬を与えて滋養をつけておれば、何とかなるだろう」

と祈るような返事をするだけだった。以前のふくよかさはなかったが、死に直面しているような悲痛な寝顔でもない。

「それにしても……どうして自害なんてしようとしたのでしょうか」

傍らで目を腫らしている番頭の雄兵衛《おひょうえ》に、錦は尋ねた。かなりの借財はあるものの、特別な事業ゆえ、町会所からの借金は無利子で返済は無期限だという。本来、公儀がすべて負担せねばならぬ費用だからだ。

「──それが……」

控えていた雄兵衛が涙ながらに答えた。

「実は……あろうことか、女将さんが五百両ほどの金を持ってドロンしたのです」

「ええ⁉ いつのことです」

「蔵に金がないと分かったのは昨日なのですが、女将のお蘭《らん》さんがいなくなってからは……かれこれ四日になります」

「なんと……」

「昨日は丁度、借りていたお金の一部を『十石屋《じっこくや》』さんに返す前日で、旦那様は色々と奔走したのですが、どうにもならなくて」

「『十石屋』というのは？」

「深川辺りで材木問屋や普請問屋を相手にしている両替商です。主人は上総《かずさ》の方の寺の出らしく、公儀から十石の拝領を受けていたとかで、屋号に……」

「金貸しなんですね……お蘭さんなら、私も何度か会ったことがありますが、まだ何処にいるか見つかっていないのですか」

「ええ……番屋には届けましたが……」

「お金を持ち逃げするような人とも思えないのですが……」

錦が不思議がると、雄兵衛は悲しそうな目で、

「女将さんは前々から、旦那様とは気が合わないというか、夫婦喧嘩が絶えませんでした。ふたりとも外面はいいのですがね。女将さんは、私たち奉公人にはもう鬼のようで」

「……」

「ですから、いなくなったと聞いたときには、逆に店の者たちは安堵したくらいです。でも、まさか店の金を、しかもあんな大金を持って姿を晦ますなんて……元は深川女郎ですからね、旦那様は騙されていたんですよ」

雄兵衛は悔しげに唇を一文字に結んだ。

たしかに女将といっても、柿右衛門からすれば娘くらいの年頃で、店のことなど

一切関わらず、綺麗に着飾って芝居見物をしたり、美味しいものを食べに行く暮らしぶりだった。錦も見かけたことがある。何が楽しいのかと思うほど、いつも大笑いしていた。

それでも、柿右衛門は女房として可愛がっていたのであろう。錦には、

「子供の頃は貧しい暮らしでね、岡場所に売られた。だから、私が幸せにしてやりたいんですよ」

と話していた。しかも、生まれつき心の臓が悪いとかで、女郎暮らしも相まって、決して堅固が良いわけではなかった。

「──女将さんがいなくなったときは、旦那様もただ吃驚していただけです……帳場の金くらいならと、好きにさせていたけれど、まさか蔵の鍵まで持ち出すとは……と旦那様は自分を責めていました」

この一件が柿右衛門の首吊りの引き金になったようだが、盗みについては町方同心に探索を進めて貰うしかない。だが店の金とはいえ、女房が亭主の金を持ち逃げしたのが罪になるかどうかは分からない。事実としては、柿右衛門が返済ができなくて自害を選ぼうとしたのなら、お蘭にも責任はあるだろう。

「ですがね、先生……」

雄兵衛は、錦と宝真のふたりを見ながら、

「借金や女将さんがいなくなったからって、自害を選んだことが、私にはどうにも腑に落ちないんですよ」

「何か気になることでもあるのかね」

宝真が訊くと、雄兵衛は頷いて、

「はい。まず『十石屋』に借金が五百両近くあるということ……たしかにうちは、人足代などを払うために両替商から借りることはありますが、後から入る公儀からの金を立て替えているようなものです。もちろん、すべてではありませんが」

「ふむ……では、なぜそんな金が必要だったのだね」

「分かりません。ただ、この『北条屋』の土地や家屋が、御伝馬役……つまり大伝馬町の町名主・信兵衛《しんべえ》さんのものに沽券《こけん》が書き換えられているのです」

沽券とは今でいう土地登記簿のようなものである。

「何か子細がありそうだが、それならば町奉行所に訴え出た方がよいな。医者の俺たちは門外漢だ。錦先生なら、遠山奉行にも顔が利くのではないか?」

水を向けると、錦は頷いて、

「私も奉行所内での話は、色々な役人から耳に入ってくるので、柿右衛門さんの事業のことも聞いていました」

「なるほどな。公儀の普請ゆえ、俺も心の何処かで安心していたが、どうやらお上の都合で、厄介事が町人に押しつけられたようだな……番頭さん。今一度、この浚渫の出納について調べ直した方がよさそうだな」

「ええ。そうしてみます」

しっかりと返事をした雄兵衛だが、主人の意識がないためか不安な顔をしていた。

宝真は改めて、錦に訊いた。

「それより、錦さんは柿右衛門さんとは、どういう関わりだったのだ」

「実は……まだお蘭さんを身請けする前のことですが、やはり自害を図ったことがあったのです。眠り薬を大量に飲んだ上で、川に飛び込んだのです。たまさか橋番の番人が見かけて助け、私が薬を吐かせて一命を取り留めたのです」

「そうだったのか……」

「運が良かったとも言えますが、それからたまに私に相談に来てました。商売のことやら、恋してしまった遊女……お蘭さんのことなどを……」

　錦は陰鬱な表情になって、

「此度のことも、まったく思いも寄らないことだった、というわけではないので、私も医者として負い目を感じています」

「そんなの関係ねえ」

　声を上げたのは八十吉だった。半ばムキになって、

「こんなこと言っちゃなんだが、俺もよ、お杉と駆け落ちした手合いだ。しかも、お杉が店の金をたんまり持ってきてよ」

「えっ、そうだったの、八十吉さん……」

　驚いて見やる錦に、まったく悪びれもせず八十吉は自説を吐いた。

「人間切羽詰まると何をしでかすか分かったもんじゃねえ。別に人を殺《あや》めるとか、そんなことはしねえが、どうしても我慢できねえことってあるんだよ。あのときは、お杉を連れて逃げるしかなかったんだ。それを拾ってくれたのが、柿右衛門さんの親父さんだ……ああ、俺もなんとか役に立ちてえ。恩返しがしてえッ」

　八十吉は、目を閉じたままの柿右衛門にしがみつくようにして泣き崩れた。そん

な姿を、錦はもちろん、宝真も雄兵衛も吃驚したように眺めていた。

三

北町奉行所にいつもの〝達者伺い〟に出向いた錦は、普請や浚渫に関わる与力や同心などから、『北条屋』の話などを聞いてから、年番方筆頭与力の井上多聞に相談した。

しかも、ふたりきりになったので、井上は妙に舞い上がっていた。いわば公務であるのに、すっかり鼻の下を長くして、

「錦先生の頼みなら、何でも聞く。どうせ老い先短いしな、心ゆくまでこの古馬《こば》を使ってくれ。して、話とは」

と嬉しそうに訊いた。

「もっとも……〝はちきん先生〟が私に相談などとは、きっと大変なことなのでしょうなあ、はは。それとも誰ぞ、よい婿でも紹介してくれとか」

つまらぬ雑談をしているときではない。錦は、『北条屋』の主人・柿右衛門が首

吊りを図ったことを伝えて、その背後にある公儀普請について申し述べた。もちろん、井上も柿右衛門のことは知っており、公儀普請などに纏わる雑務で何度も顔を合わせているはずである。

「ああ。柿右衛門なら数日前も奉行所まで来たが、そんなことをするようには……」

見えなかったと井上は神妙な顔になった。

「でしたら話が早いです、井上様。大川の川底や出洲を浚って新須賀を造成させてきたのは御公儀です。ですが、その周りには土砂が積もるので、浚渫してからさらに埋め立て、新須賀清水町を広げておりますよね」

「ああ、そうだが……それが、どうかしたのかね」

「実体はどうなのですか」

「え？　実体と言われてもな……」

「町奉行所からは普請を御伝馬役に命じただけで、実際は財務も含めて普請奉行がやっているのですよね」

「ええ、ああ……錦先生が普請に関心があるとは思ってもみなかった」

か」

「柿右衛門さんが首を吊って死のうとしたのは、単に借金に困ったのではなく、色々な重責を担わされたからです。そのことに、町奉行所は関わりないと思います

錦に責められるような気がしたのか、井上は少々、言い訳めいて、

「別に私が何かしたわけではないし、普請についても……それより何が言いたいのかな、錦先生は。まさか町奉行所が、柿右衛門を死ぬほどの思いにまで追い詰めたとでも……」

「そこまでは言いませんが、事実、首を吊ったのです。一歩間違えば死んでいました。そうせざるを得なかった人の心にも、真剣に思いを寄せてくれませんか」

錦は強いまなざしを向けて、これまでの経緯を改めて井上に伝え、

「そもそもは奉行所が、江戸の町全体に間口に応じた加役《かやく》を命じねばならないところ、この埋め立て普請や浚渫作業はかなり難儀なことだから、伝馬町の三町のみに負担を強いてきましたよね」

「これは、お詳しい……それも辻井様から聞きましたか」

「辻井のおじさまは関わりありません。いいですか、御伝馬役を兼ねる町名主たち

は、御公儀の命令ですから、嫌でも引き受けねばならなかったのです」

「さよう。誰かがせねば、江戸中の溝浚いはできぬからな。しかも、新須賀清水町はいわば大川を挟んだ東西を結ぶ江戸の要。生半可な普請ではない」

井上もわずかだが真剣な表情になった。

「おっしゃるとおりただの普請とは違います。錦も凜とした表情で見つめたまま、
げにもなりますものね。特に深川の方が困ります。しかも、毎年のように起こる火事や地震によってでる瓦礫もある。それを新須賀の中洲周辺に埋めて、さらに新地を広げるという考えは悪くありません」

「これはますますもって、錦先生を普請奉行か小普請奉行に推挙したいくらいだ。あ、すまぬすまぬ、ゴホン……」

咳払いをしてから、井上は筆頭与力としてキチンと答えた。

「よいですかな……御伝馬役は公儀のことのみならず、江戸四宿《しじゅく》を含めて、市中に渡って人馬や荷車などの一切を引き受けておるのでな、掘割を浚ったり、荷船と陸路との流れを上手く作って、物流を担わなければならないのだ」

「でしたら、廻船問屋や川船問屋などにも負担を分けてもよいのではありませんか。

でも、ずっと幕府はしてこなかった……それは御伝馬役がただの町名主ではなく、苗字帯刀を許された身分だからですよね」

「……」

「大伝馬町の町名主、信兵衛さんにも、ちゃんと奥村《おくむら》という姓があります」

「だから、なんだというのだ。錦先生にも八田という姓がちゃんとあるではないか」

百姓町人も苗字は持っているが、武家に配慮して、公の場では使わなかっただけである。わずかに不愉快そうに目を細めた井上を、錦はじっと見据えたまま、

「私はそのことをどうのこうのとは申しておりません……此度の浚渫、それに伴う新たな町の造成のために、お上から御伝馬役に、普請費として四千両もの金が払われた上に、造成されてできた新須賀清水町の地代収入も、御伝馬役に入るということが、大きな波紋を広げているのだと思います」

「どのような波紋かな……錦先生の推察はいつも面白いが、まるで御公儀が悪いことでもしているような言い草は看過できぬな」

いつもは〝事なかれ〟を地でいっているような井上が、腹立たしそうに言った。

錦はそれを受けて立つかのように、

「柿右衛門さんは自害しようとしたのですよ。人が死を決意したのです。そのことをまず考えてみて下さい」

　錦は膝を整え直したが、その仕草すら艶っぽいので、井上は少し気を鎮めた。持参していた風呂敷包みから、錦は書類の束を取り出すと井上に差し出した。

「普請奉行と勘定奉行にも、新須賀に関することを調べさせてくれませんか。これは『北条屋』の番頭さんから預かったもので、町奉行所が御伝馬役に通達したものです」

「うむ……」

「差出人は北町奉行遠山左衛門尉になっていますが、あなたが書いたものでしょ。遠山様がそれに目を通して署名と押印をしたのでしょうが、御伝馬役に命じるのは筋違いだと、奥村信兵衛さんは申し出ておりますよね」

「いや、賛成したはずだ」

「嫌だとは言えないでしょう」

「何とか尽力をすると請け負ったはずだ」

「ですが、信兵衛さんは引き受ける条件として求めたのが、ひとつは四千両のうち、半分前払いをすること。残りも五年以内に支払い、万が一、普請にかかる費用が増えた場合には、幕府が出すとのことでした」

黙って聞いている井上に、錦は淡々と事の説明をした。

「そして、ふたつめは、造成された新しい町の地代や店の営業などの権利はすべて、信兵衛さんが持つというものでした。地主は幕府ですが、土地の利用は信兵衛さんが任されるということです」

「さようか……」

「他人事のようですね。とにかく、幕府がすべて賄い、新地の地代は信兵衛さんが取るという仕組みです」

錦はその約束がおかしいとばかりに詰め寄った。

「たしかに書類を纏めたのは私だが、担当与力らが、普請方や勘定方と詮議の上、そう決めたのだろう。厄介な仕事を引き受けたのだから、信兵衛が多少の旨味は吸っても良いと思うがな」

「多少……ですか」

錦が訝しむと、井上は面倒臭そうに、

「だとしてだ……柿右衛門が死ななければならぬ訳と関わりがあるのか」

と言うと、錦はさらに膝を前に進めた。迫られたと思ったのか、井上は緊張した。

「よいですか、井上様……御伝馬役の信兵衛さんは、四千両余りの公儀から下った金のうち、ほとんど半分を手にして、下請けの『北条屋』に請け負わせてます」

「……」

「信兵衛さんは利権に目が眩んで請け負ったのはよいものの、浚渫という大変なことを行える業者などはおりませぬ。これまでは大概、〝天下普請〟のような形で、幕府が大名にさせていたものでした。その費用も諸藩が払い、幕府財政があまり痛むことはありませんでした」

「まあ、そうだな」

「でも、信兵衛さんは普請問屋の『北条屋』に目をつけました。『北条屋』は、本来なら町名主が町火消しなど鳶職も駆り出してやる溝浚いや、江戸城の濠や掘割の塵芥《ちりあくた》を集める仕事を、代わりに金で請け負ってやっている店です」

「大変なことは承知しているが……」

「嵐による大雨で増水すれば、土砂や瓦礫が増えます。大川は上流からの土砂が多いから、浚っても浚っても仕事は終わりません」

「そうだな……」

井上は同情の顔になったが、錦はさらに続けて、

「問題は、仕事が増えると賃金が嵩むということです。柿右衛門さんは増えた分を、信兵衛さんに求めましたが、『こっちは普請費として渡しているのだから、賄えないものは、自分で工夫しろ』と突き放しました。その一方で、お上に対しては『人足集めに金が不足しているので、早急に出して下さい』と詰め寄り、新たな費用を捻出させています」

「まさか……？」

疑わしい目になる井上に、錦は本当ですと断じて書類を叩いた。

「ここに、そのことが詳細に書かれてます。柿右衛門さんは目の前の人足や作業用具を作る職人たちに払う金に窮して、借金をせざるを得なくなったのです」

「それならば、町会所が無利子で貸すことになっているのではないのか？」

「それは、町奉行が間に入って、御伝馬役に貸すということが条件です。ですから、

柿右衛門さんは『十石屋』という両替商から借りざるを得なかったのです」

「それが問題なのか……」

「公儀普請のために借りたのですよ。お上から入らなければ、『北条屋』に返す当てなどありますか？」

「……」

「ただ土砂を浚い、新須賀に移す仕事なのです。何か物を作って売るわけではないので、儲けなどありませぬ。人足に払うために作った借金は、借金のまま残ります。返済の期限が迫ってくれば、どこかで工面して返すしかない。返せなければ利子が増えます……そこで柿右衛門さんは、他の低利子の両替商から借りて、直に『十石屋』に返すことにしたのです」

「二重に借金をしたということか……」

「そういうことになりますね。しかし、本来なら、柿右衛門さんがしなくてよい借金なのです。なのに、自分の不甲斐なさだと思い詰めていたところ……返済のために借りてきていた金と当面の日当など五百両もの金を、お蘭さんが持って何処かへ行きました」

「なるほど、それで自害を……」

痛ましいことだと井上は顔を顰めたが、錦はまだあると声を尖らせて、

「この浚渫事業は、町奉行所の手から離れているとはいえ、お奉行が御伝馬役に始めさせたものです。どうか、井上様からお奉行に善処をお願いして下さいまし」

柿右衛門に寄り添って欲しいと、錦は真剣な態度で頼んだ。

「まあ、一応、伝えておくが……私の言うことなど、お奉行が何処まで聞くか……錦先生が話した方が早いのではないかなあ」

「井上様……！」

「それに、借金をしたのは柿右衛門が自ら判断してやったことだからな……借金の返済が無理で何か紛争が起これば、〝出入筋〟として訴え出るのだな」

「――いい加減なのですね、井上様も……柿右衛門さんは死の淵にいるのですよ。何ができると言うのです」

「だったら、錦先生が、信兵衛の不正とやらを暴くために〝吟味筋〟に持ち込めばどうかな。辻井様に頼めば、力添えをしてくれるのではないかな」

「そうですか。分かりました。医者は堅固だけ診ておれ、とでも言いたげですね」

錦はあえて深々と頭を下げたものの、

「見損ないました……柿右衛門さんは私の患者でもありますから、必ず救います」

と言い捨てて、その場から立ち去るのであった。

井上は後を追おうとしたが立ち止まり、

「私には無理だって……そんな難しいことを振るなって……」

と溜息をついた。

四

日本橋の時ノ鐘の近くにある蕎麦屋の二階に、『淡路屋』幸右衛門が現れたのは、小雨から粉雪になった昼下がりだった。『淡路屋』とは、日本橋で指折りの薬種問屋だが、幸右衛門は息子に店を譲って、悠々自適の隠居暮らしを楽しんでいた。

隠居といってもまだ五十三になったばかりである。とはいえ、四十で隠居する大店の店主はごろごろいたから、年寄りの部類であろう。だが、見た目はまだまだ働き盛りの壮年で、むしろ全身脂ぎっていた。

幸右衛門の前には、ふたりの職人風の男が座っていて、ざる蕎麦を実に美味そうにズルズルッと啜っていた。いずれも三十前の職人風の若い衆で、ひとりは利発そうで役者のような色男風だが、もうひとりは見るからに人相の悪いやさぐれた雰囲気の男だった。

「いつものことだがな……」

ふたりの前に小判を一枚ずつ置いて、幸右衛門は穏やかな声で言った。

「辻井様から頼まれた。詳しくはここに書いておいたが、裏を取ってくれないかな」

と封書を食台の上に置いた。

それを見もせず、色男風の綸助《りんすけ》は直に頷いたが、ならず者風の藤八郎《とうはちろう》の方は苦々しい顔で、

「結構ですがね、もう少し弾んでくれやせんかねえ」

と片手を差し出した。

「それは辻井様次第だな。おまえたちは元々、辻井様に助けられ、御用聞きの真似事をしていたのだから、ただ働きでもいいくらいじゃないのかね」

「だから足りない分は、ご隠居が……」

「こうして、蕎麦を食わせてあげてるじゃありませんか」

「ちっ。江戸で屈指の薬種問屋なのに、ケチ臭いなあ」

「倹約こそが商売の要ですからな」

『淡路屋』は八田親子と、錦の父親・八田徳之助が小石川養生所医師になった頃からの付き合いだが、辻井とも何かと関わりがあって、商人でありながら、探索の手伝いなどをしていた。薬種問屋というのは町場のことはもとより、諸国の事情も耳に入ってくる。

　錦から相談を受けたわけではないが、辻井は前々から、新須賀清水町のことを調べており、御伝馬役の奥村信兵衛を胡散臭いと睨んでいた。

「もう吟味方でもないし、奉行所も退いたのだから、大人しく隠居して下さいといつも話してます……錦先生が首を突っ込んでいるとかで、分かるでしょ？」

　幸右衛門がニコニコ笑いながら言うのを、綸助と藤八郎は仕方なさそうに聞いていた。もっとも以前は、辻井の密偵役をしていたから、何を探るにもどうってことはないが、ふたりとも、

「あんな美人の先生と褥《しとね》を共に出来るなら、もっと頑張るんだけどなあ」

と言ったのは、あながち冗談でもなさそうだった。

もちろん、ふたりとも正業はある。綸助は飾り職人であり、藤八郎は桶屋である。ふたりとも自分ひとりでやっているから、自由に出歩けるが、御用聞きのように十手を預かっているわけではないため、事件の場に踏み込めないことも多い。もっとも危ない真似はするなと釘を刺されているから、無理はしない。それでも、ものの弾みということは何度もあった。

「万が一、相手をぶっ殺すようなことがあっても、お縄になるのは御免だぜ」

と藤八郎はいつも言っていた。

事のあらましを幸右衛門に聞いてから、ふたりとも何となく尻込みをした。

「まあ、辻井様に頼まれれば嫌とは言えないけどよ……」

綸助は封書を開けて黙読しながら、

「この奥村信兵衛って奴は、公儀からの金でボロ儲けをしてるようだが……だからって、痛めつけてどうするんだ」

「御定法に外れたことをしているかもしれないのだ」

幸右衛門は当然のように言ったが、綸助はあっさりと返した。

「ならば、町方同心が直に調べればいいことじゃ？」

「一応、佐々木の旦那が調べているらしい」

「だったら、いいじゃないですか」

「いや、だから頼りないのだ。私はね、相手が誰かというより、錦先生の手助けをしたいだけなのだよ。分かるかね」

「ご隠居も〝ほの字〟ってことですかい、そのお歳で」

藤八郎の方が茶々を入れると、幸右衛門は恥ずかしげもなく、

「ああ、ぞっこん惚れてるね。錦先生は、病だけでなく、心も治すからね」

「さいですか。会っても先生は顔も分からないだろう俺たちの心は、すっかり折れちまいそうですがね……ああ、寒い」

手を擦りながら窓の外に降る雪を見る藤八郎に、幸右衛門は言った。

「ふたりとも頼むよ。私はね、あの奥村信兵衛がしている悪さを暴くだけではなくて、お上がしていることをキチンと糺して貰いたいと思っている」

「気持ちは分かりますがね、下手すりゃ無実の者を陥れかねないのではありやせん

か。ましてや、辻井様の命令となりゃ、こちとら信兵衛って奴を色眼鏡で見ちまう。間違って罪人にしちゃいけねえよ。なあ、綸助……俺たちだって、何もしてねえのに咎人扱いされたことがあったからな」

「それを救ったのが辻井様じゃありませんか。私はね、信兵衛の身辺を調べて欲しいと頼んでいるだけなんだがねえ」

幸右衛門がいつもの穏やかな目で頼むと、藤八郎は渋々頷きながらも、本音では気乗りしていて、

「実は、俺もそいつには目をつけてたんだ」

「えっ。そうなのかい」

藤八郎は封書の書き付けを見ながら、

「この『十石屋』という深川の両替商は、うちの近くだが、前にもちょいと調べたことがある。俺も借りたことがあるんでな」

「それは奇遇ですねえ」

「表向きはきちんと法定の利息でやっているが、裏ではべらぼうな利子で金を貸している」

「へえ、それは知らなかった」

「深川には七場所《ななばしょ》という遊女街があるし、旗本屋敷や大名の下屋敷、寺や神社などが、町場の中に点在していて、隠れ賭場だって沢山ある。ついつい遊んでしまって、金を借りているんだろうよ、『十石屋』に」

「なるほど……」

「その『十石屋』が最も昵懇なのが、今、ご隠居が話した奥村信兵衛って御伝馬役でな、公儀普請や浚渫にも関わってると分かったから、胡散臭いと思ってたんだよ」

「さすがは棺桶屋の藤八郎。鼻が利きますなあ」

「俺はただの桶屋だ、風呂桶だの棺桶は作らねえよ」

藤八郎は苦笑いしたが、綸助の方は公儀普請を担う奥村信兵衛が不正を働いていることには、どうも納得できなかった。

「俺は飾り職人だから関わりはねえが、あの人は御伝馬役として、しっかりとした仕事をしていると噂をよく聞く。大伝馬町の名主でもあるから地元の者たちからも信頼が厚いらしいがな」

「かもしれませんが、公儀から請け負っている普請や浚渫について、かなりの上前をはねているのは尋常ではありませんよ。そのために『北条屋』の主人が死にかかったことは、最初に話しましたよね」

「てめえの身の丈にあった商いを、ちゃんとしてなかったんじゃありやせんか」

「自分のせいだと……たしかに綸助さんの言うことも分かるけれど、『北条屋』のことも含めて調べて欲しい」

と繰り返し頼んだ。

「根はもっと深い所にあるかもしれない。この歳になると、なんとなく分かるんですよ……それに、ひとりの人間が死にたいほど苦しんでいる裏で、のうのうと生きている輩がどうも許せないんですよねえ」

幸右衛門の言い草は、まるで世間で噂されている闇の〝恨み晴らし屋〟のようだった。もちろん、そんな怪しげな者ではない。未だに正義感を抱いている辻井に共鳴してのことだった。

『十石屋』は、『北条屋』と同じ大横川に面している。両替商としては地の利が悪かったが、材木問屋も多いことから、割の良い商いをしているのか、間口が広い立派な店構えだった。

　そこを訪ねた綸助は、『十石屋』の主人・朔兵衛《さくべえ》直々に迎えられ、潜り戸を入って奥座敷に通された。朔兵衛は達磨のような体形で、座っていると転がりそうだった。

　もう町木戸も閉まっている刻限だが、薄暗い上座には、屈強なのが一目で分かる人影があった。すでに高膳を前にして、酒を一杯やっていたが、それが御伝馬役の奥村信兵衛であることを、綸助は知っている。町人でありながら元々は三河武士とのことで、威風堂々としていた。

「――ご無沙汰しておりやす」

　綸助は両手を床について深々と頭を下げると、信兵衛はうっすらと笑みを浮かべ、

「久しぶりだな、綸助。顔を合わせるのは、あの一件以来か……」

　あの一件が何を指すのか、綸助にはすぐには思い出せなかった。

「なにをキョトンとしている。おまえさんが色々と調べてくれたおかげで、前の普請奉行はとっとと辞めてくれた」

「ああ、そのことですか……でも、新しい普請奉行には会ったこともありませんが、評判は前のよりも悪いですぜ」

「余計な話はいい。それより……」

まさに武家の頭領のように恰幅のよい信兵衛は、神経質そうな顔を向けた。傍らに座った朔兵衛も目がギラついている。

「誰かに怪しまれるようなことは、しておるまいな」

「へえ、決して。ぬかりありやせん」

「自信ありげだが、不安は拭い切れないでいる。近頃、おまえさんの動きは妙だ」

「俺のどこがでしょう。それとも、だれかに尾けさせてでもいますか」

チラリと朔兵衛を見てから、綸助は信兵衛に真顔を向けた。

「では訊くが……町奉行所は私の何を調べているのだ」

「え……？」

「このところ何度か、私の屋敷にまで来て、北町の佐々木と相撲取りみたいな嵐山という岡っ引が、『北条屋』についてあれこれ尋ねるのだがな」

町方同心を呼び捨てにするくらい、信兵衛は権威があるということである。

「佐々木の旦那なら、俺も知らない仲じゃありやせんが……なんでまた『北条屋』のことなんかを……」

「惚けなくてもよい。おまえが洩らしたんじゃないのか」

「ええっ？」

「柿右衛門のことだよ。首吊りを図ったものの一命は取り留めたそうだが、お蘭て女房は、この『十石屋』に返すべき金を持ち逃げしたとか……元女郎のおふざけにしても度が過ぎてると思うがな」

「へえ……でも、それは番頭が話したんじゃないでしょうかね……何が心配なんですか。信兵衛さんと柿右衛門の関わりは、普請を頼んだだけのことでは……」

「綸助……」

杯を渡して酒を注いでから、信兵衛は煙管に火をつけた。美味そうに一服すると、

「地味だが腕はいいとの評判で、大名や旗本屋敷の奥向きはもとより、江戸市中の大店のかみさん連中に好かれておる。女はお喋りが好きだからな、色々な噂を耳にするだろうし、同心の旦那から地主、名主などにも顔が利く。だから……」

「分かっておりやす。過分な小遣いも有り難く思っております」

「だったら、もっとマシなことをしろ」

「何か不都合でも……」

「おまえさん、『淡路屋』という薬種問屋の隠居とも顔見知りで、その集まりなんぞにも顔を出しているそうだねえ」

「ええ。それも巷の風聞に触れるためです」

疚しさなどみじんも見せず、綸助は答えた。

「『淡路屋』の隠居は、吟味方与力だった辻井登志郎と昔から昵懇らしいが、どうして、おまえさんが関わってるのだ」

「元吟味方与力と昵懇だからこそですよ。一番、世間の裏を知ってますからね」

「そうかい……だったら、辻井が何故か知らぬが、『北条屋』のことを調べているのも知っているのだよな」

「元吟味方与力の立場ながら、今でも色々と首を突っ込んでいるようですよ。信兵衛さんも、『北条屋』さんとは深い仲でしょうから、自害しそうになったのは心配でしょ。見舞いには行かないのですか」

「ふん……おまえもよく分からない人間だな」

「人の心の中なんざ、誰にも分かりませんがね。私にもあなた様が何を考えているか、時々、疑いたくなりますよ」

信兵衛はさらに探るような目になって、綸助を見据えながらも、

「いや。私はおまえさんを信じているよ。頼みがある……お蘭を探し出してくれ」

「金を持ち逃げした女房を……」

「万が一、お蘭が裏切るようなことがあったら、私もこの『十石屋』も、お上に睨まれかねない。就中、元吟味方与力にな」

「辻井様に……」

綸助は呟いてから、すぐに訊き返した。

「今、お蘭が裏切るようなことがあれば……とおっしゃいやしたが、誰をです。亭主をですか。それとも旦那方と繋がって……」

綸助が訝しげにふたりを見ると、信兵衛は余計な詮索は無用とばかりに首を振り、

「そうじゃないからこそ、是が非でも見つけ出して、連れて来て貰いたいのだ」

「ですから、お蘭は一体……」

「おまえさんには関わりない。だが、お蘭の行く先を探すくらい、造作のないこと

じゃないのかね。おまえさんの耳目になっている奴らは、わんさかいるのだろう？」

信兵衛は黙って聞けという目つきで、綸助を見据え、

「もうひとつ頼みがある……少々、乱暴な話かもしれないが、辻井の大切なお嬢に、ちょいと怪我でもさせて、出歩かないようにしてくれないか」

「辻井様の大切な……もしかして、八田錦先生のことですかい？　あれは辻井様の娘ではなくて、小石川養生所医師の……」

「言われなくても知ってるよ。なに、おまえが、お蘭を探し出す間だけでいいのだ。念を押しておくが、殺すことはないぞ……どうもな、辻井の旦那は隠居しているくせに、裏渡世の方では目障りなのだ。そうだよな、朔兵衛さん」

「おっしゃるとおりで……」

不気味に頷き合うふたりの顔を見比べながら、綸助は何か言い返そうとしたが、信兵衛の方から声をかけた。

「おふくろさんは元気かい……『淡路屋』から良い薬を融通して貰ってるようだが、死んだら元も子もねえだろ。せいぜい長生きして貰って、ガキの頃の罪滅ぼしに親孝行するんだな」

「……おふくろに何をする気だい」

「何もしやしないよ。おまえさんしだいだがな」

信兵衛はニンマリと笑った。何を言ってもどうせ無駄であろうと、綸助は事態の様子を見るためにも頷くしかなかった。

五

山本宝真の療養所で治療を受けていた柿右衛門が、ふいに「寒いッ」と奇声を上げて目を覚ました。看護に当たっていた千鶴羽《ちづは》という若い娘が驚いて腰を抜かすほどだった。隙間風も強く、たしかに雪が降っていた。病人には辛い寒さだったであろう。

「——ここは……」

起き上がろうとしたが、体が重くて自分ではどうしようもできなかったようだ。

柿右衛門は首を吊ろうとしたことも忘れていた。

「私は宝真という医者だがね。覚えておらんかね」

顔を近づける宝真をまじまじと見て、

「ああ…… 〝がはは先生〟でしたか……どうして、私はここで……」

と、ますます不安げになった。衝撃的なことが起こった後は、記憶が飛ぶことがあるが、柿右衛門もそうであろうと思われた。

診療所には、たまたま錦が来ていたので、宝真は柿右衛門の側に呼んで、様子を窺わせた。しだいに柿右衛門は思い出して、また暗い表情になった。

「――ご迷惑をおかけしました。本当に申し訳ありません」

と千鶴羽に支えられて起き上がった柿右衛門は、何度も謝った。

「そんなに気にすることはありませんよ。とにかく無事でよかった。何があっても死ぬなんてことをしちゃ駄目です。あなたひとりの身じゃないのですからね」

「いいえ……私は女房に逃げられるような男です。跡取りもありませんしね」

「あなたは深川では知られた篤志家ですから、みんな心配してますよ」

励ますように錦は言ったが、自害を試みたくらいだから、柿右衛門の意識はぼんやりとしていて、気分は鬱々としているようだった。だが、錦は笑顔を絶やさずに慰めた。

「柿右衛門さんがいないと困る人々が、大勢いるんですからね」

「買い被りですよ……」

「いいえ。『北条屋』にだって何人もの奉公人がいるし、沢山の普請請負には大勢の人足たちが関わっていますでしょ……普請には下請けや孫請けもいるじゃないですか。『北条屋』あってのことでしょ」

「ありがとう、先生……でも、公儀普請にしろ大川の浚渫にしろ、うちがやらなくたって、他の問屋がやるでしょう。私なんかが死んだところで、どうってことありませんよ」

自嘲気味に言う柿右衛門に、錦は微笑みかけて、

「でも、あなたの代わりはいませんよ。柿右衛門さんは柿右衛門さんなんです」

「……」

「あなたを慕っているからこそ、大変な仕事だって耐えられると言う人も大勢います。あなたの人柄とひたむきさを、誰もが信頼しているのです」

「信頼……はは。それは誤解ですな、錦先生……あなたのような人こそが信頼されるに相応しい。私は違いますよ」

柿右衛門はさらに自棄《やけ》っぱちな口調で、

「私は、お蘭に裏切られたんです。一番、信頼をしていた女房のはずなのに、五百両もの大金を盗まれて姿を消されました……少しでも私を信頼しているのなら、そんなことなんかできるはずがないじゃないですか」

「ご主人にも言えないような大変な事があったのかもしれませんよ。どうして逃げたと思うのですか」

「えっ……」

「あなたこそ、お内儀を信頼していないから、そんな風に思うのではありませんか。お蘭さんは誰かに誑《たぶら》かされて、いなくなったのかもしれませんよ」

「まさか……あいつは所詮……」

深川女郎だという言葉は呑み込んで、柿右衛門は鼻先で笑った。そして横になると、

「――ああ、疲れました……もう少し眠らせて下さい。首も体中も痛くてね……」

「はい。ゆっくり眠って下さい。薬もきちんと飲んで下さいね」

錦は優しい目で頷いて、

「宝真先生の話では、数日すれば、元通り元気な柿右衛門さんに戻れるそうです。やはり、日頃、一生懸命働いているから、ふつうの人より堅固は強いのでしょうね」

「もういいですよ……」

面倒臭そうに言う柿右衛門の顔を、錦は覗き込んで、穏やかな声で言った。

「体が良くなったら、私と一緒に普請場などを廻って下さいませんか」

「えっ……」

「もう何年も前から続けている新須賀清水町のための浚渫と堤などの普請ですが、土砂が流れて来たりして、何度も同じ事を繰り返さざるを得ないのは、町奉行のせいです」

「いや、そんな畏れ多い……」

「土砂が溜まれば浚渫し、それを埋め立てて新地にする。それは結構な話ですが、わざとしているようにも、私には感じられます」

「わざと……いいえ、それは先生の間違いです。自然の災害というものは……」

「ですが、一度や二度で済むことを、何度も繰り返すことによって、莫大な儲けを得ている人もいます。それこそ私が案ずることではありませんが、お百姓から吸い上げた大事な年貢を使うわけですから、おかしなことだと思いませんか」

「――うちが公金で、ボロ儲けをしているとでも……？」

不愉快そうに顔を横に向ける柿右衛門に、錦は囁くように語り続けた。

「まさか。反対です。柿右衛門さんは利用されている気がしてならないのです。本来なら、町奉行が、この普請の見直しをするべきなのに、御伝馬役に丸投げしてますよね。その煽りを、あなたが食っているからです」

錦は柿右衛門の手を握りしめると、「しっかり養生して下さい」と付け足した。

「……せ、先生……どうして私ごときを、そこまで慰めてくれるのですか……これまでも何度も堅固を見て貰いましたが、本当はもう長くない病にでも……」

「馬鹿なことを言わないで下さい。私が柿右衛門さんを心底、信頼しているのは、あの言葉に感じ入ったからです」

「あの言葉……」

「初めて、私が辻井のおじさまと一緒に柿右衛門さんに会ったときのことです。小石川養生所に私が入った頃です」

「……」

「柿右衛門さんは『ぐうたらで喧嘩っ早い者は、いつまでもどん底で暮らしてるが、真面目で勤勉な奴は必ず世に出る。だから、真面目な奴を支えると良いと言われるけど、そういう者たちはひとりでやっていける。逆に、ぐうたらな奴は、心のどこかで他人に助けを求めている。助けを求める奴は、助けてやんないとな』……だから、普請請負をしていると言ったんです」

「そんなこと、話したかな……」

「はい。だから私も医者として、助けを求めている人がいる限り助ける。そう誓ったんです。なので、今度は柿右衛門さん……私たちを頼って下さい、遠慮なさらずに」

「――先生……慰めとして、今は素直に聞いておきますよ」

　わずかだが柿右衛門は嬉しそうな笑みを洩らして、ゆっくりと瞼を閉じた。その目尻から、微かに潤んだものが一筋流れた。

　帰り道は雪が微かに積もっていた。今年の冬は寒そうだと、遠くの富士や筑波山が物語っていたが、本当にそうなった。

永代橋は緩やかな太鼓形の坂になっているが、その頂上の辺りから大八車が雪の上を滑って走ってきた。曳いている人足はいない。

「おおい！　危ねえぞ！」

叫び声が聞こえたが、出商いの商人らが何人かいたが、声の主は分からない。橋番所から飛び出てきた番人は驚いて、被害を少なくしようと木戸を閉めようとしたが、勢いを増して疾走してくる大八車を止めることはできそうもなかった。

だが、その大八車の先には、錦の姿があった。思わず避けようとしたが、近くに幼子の手を引いた若い女がいたので、錦はとっさにふたりを庇うように立ちはだかった。雪で足を滑らせた母親の代わりに、錦は幼子を抱きしめると、大八車に背を向けて身を丸めた。

次の瞬間、錦の体に覆い被さるようにゴロゴロと車輪が音を立てて突っ込んでこようとした。だが、急に車輪が弾かれて方向を変え、橋の縁にある雨樋《あまどい》代わりの細溝に挟まって止まった。

「おおッ！　大丈夫みてえだぞ！」

　ほっとした溜息混じりの声が周辺の人の中から上がった。もうダメだと思っていた錦だが、振り向いた目の前には、巨漢の嵐山が立っていた。体を張って、どんと大八車を押しのけていたのだ。安堵した錦はゆっくりと、幼子を立たせて母親に渡してから、

「ら……嵐山親分……」

「大丈夫ですかい、先生……この雪とはいえ、なんてことしやがんだ」

　大八車の持ち主が誰か見廻したが、誰も現れなかった。大八車で人をはねたら死罪である。車止めを忘れて暴走させただけでも、遠島になるほどの危険な事故だ。

「それより、この子に何事もなくてよかった……」

　錦が振り返ると、母親は深々と頭を下げながら、

「本当にありがとうございます。なんと御礼を言ってよいか……申し訳ありませんでした。ありがとうございました」

　と泣き出しそうな顔で子供を抱きしめると、何度も詫びて橋の西詰めの方に立ち去った。

「錦先生も無事でよかった」

と嵐山が言うと、錦は不思議そうに首を傾げて、

「でも、誰の大八車かしら……」

「もしかして、錦先生を狙ったのかもしれやせんぜ」

嵐山は怒りに震えた顔になって、橋の上の方へ向かって何か怒鳴ったが、大八車の持ち主らしき姿は見えなかった。錦には狙われる覚えがないが、たしかに誰もいないのは妙だった。

だが、橋の袂にある番小屋の裏には──様子を窺っている綸助がいた。

「……」

綸助が南新堀町の方に向かおうとすると、路地から佐々木が現れて行く手を阻んで立ちはだかった。

「しらばくだな。ここで何をしてた」

一瞬、ギクリとなった綸助だが、愛想笑いをして、

「佐々木の旦那……俺はもう昔の悪ガキじゃないんだから、一々、咎め立てしないで下さいよ。今度、奥方様に綺麗な銀簪を届けておきますよ」

「錦先生があんな目に遭ったのを見ていて、知らん顔をしていくのかい」

「えっ……」

「惚けるなよ。大八車の人足に金でも握らせて、錦先生を狙わせたのか」

「何を馬鹿な……何処に錦先生がいるんでやす」

「信兵衛の所にも出入りしているようだが、おまえは『淡路屋』と天秤にかけてるってわけかい……『淡路屋』のご隠居とは、俺も知らない仲じゃない」

「……」

「その手先を担ってる奴が、裏切りかい……もっとも、おまえはガキの頃から、人を欺いてばかりだったから驚かないがな」

鋭く凝視する佐々木の殺気に満ちた目に、懐の匕首を摑んだ綸助は、

「仕方がなかったんだ。おふくろにはもう迷惑をかけたかねえ」

「やはり、信兵衛に脅されてたか」

「どうして旦那は……」

「前々から、信兵衛から金を貰っていたようだが、ま、それはいい。だが、愛しの錦先生を狙うとは尋常ではない」

「……」

「冗談だ……俺が許せないのは、『淡路屋』と二股をかけてることだよ」

佐々木が刀の鯉口を切ると、綸助はとっさに懐の匕首から手を離して、

「だ、旦那……違うんだ。待ってくれ」

と命乞いをするように腰を屈めた。佐々木は腹が立つと平気で人を斬ることを知っているからであろうか。

「俺だって、奥村信兵衛には痛い目に遭ったんだ。仕返しをしてえんだ。だから、仲間のふりをして懐に飛び込んでたんだ。嘘じゃねえ。頃合いを見計らって、旦那にも相談するつもりだったんだ。本当だ」

「だとしたら、先に相談すべきだったな。信兵衛に何をされても、もう庇うことはできないかもしれないぞ」

突き放した言い草で、険しい眼光を放つ佐々木に、綸助は何度も頷きながら、おふくろのためだと両手を合わせた。

「おまえのせいで、すべてが水の泡になるかもしれないのだ……しばらく、おふくろを連れて湯治にでも行くんだな。後は町方に任せろ。いいな」

「へ、へえ……」

何度も頭を下げながら立ち去るのを、佐々木が見送っていると、その背後に人の気配がした。振り返ると――清野真太郎が立っていた。曰くありげな顔で、

「今の男は誰なんです」

と訊いた。

「――さあな……道に迷ったみたいでな」

惚けた佐々木だが、真太郎はまったく信用しておらず、

「佐々木様、私はあなたに色々と教えを請いたいと思うけれど、やっぱりどうも……なんというか、薄汚れている気がする」

「それで結構。穢れてない同心の方が信用できないぞ」

真太郎の肩をポンと叩いて、佐々木は〝事故〟のあった永代橋に駆けていった。

六

錦がひょっこり現れて、柿右衛門を普請場に誘ったのは、宝真の診療所から店に帰ってきた翌日のことだった。

柿右衛門は仕事をすることはなく、奥座敷に籠もってぼうっとしていた。また自害に及ぶかもしれないと案じて、番頭や手代が常に張りついていたが、錦も様子を見にきたのだ。もちろん、宝真も足繁く診察をしにくるであろう。

周りの者たちの腫れ物に触るような態度が、柿右衛門を余計に苛立たせたのか、ちょっとしたことで怒るようになった。以前は、まったくなかったことだが、手代や小僧を悪し様に罵ることもあった。それでも、店の者たちが我慢をしているのは、元の旦那に戻ってくれると信じていたからである。

錦の誘いにも、柿右衛門は慇懃無礼という態度で、

「とんでもありませんよ、錦先生……私なんぞが普請場に行っても誰も知りません。煩わしくて大変な作業をしている所に、のほほんと出向いても、皆さんには迷惑なことでしょうしね」

と断るばかりだった。

「別に顔を見せなくても、たまには泥だらけで働いている人たちの姿を見たら如何かなと思いましてね」

錦の言い草に、柿右衛門は違和感を抱いたのか、

「先生……どういう意味ですか。一生懸命、汗まみれ泥まみれになっている人足たちは見世物じゃありませんよ」

「そんなことは思ってもいませんよ。私はただ……」

「励ましてくれるのは有り難いですがね。この店の二代目とはいえ、私も若い頃は、親父に命じられて、普請場でぶっ倒れるまで働いていました。だから、人足たちの気持ちはよく分かっております。もっとも口先の綺麗事だけで暮らしている人には分かりませんでしょうがね」

「私がそうだとでも？」

「いいえ。でも先生はいわば乳母日傘《おんばひがさ》で育ったお嬢様ですから、縁の下の者たちの本当の気持ちなど分かりますまい」

　半ばムキになって皮肉を言った柿右衛門だが、言い過ぎだと思ったのか、「失礼しました」と頭を下げた。だが、錦の方からは穏やかな表情は消えて、

「でしたら、ご一緒して下さいませんか。柿右衛門さんが自害を図ったことは噂になっていますし、心配している人も大勢いますから、元気な顔を見せてあげて下さい」

「いや、私は……」

顔などは見せたくないという。これまでも、店を継いでからは極力、直に人足たちと会うことはなかったという。その理由は、辛い仕事が多いから、人の顔をそれぞれ見ると、可哀想になって贔屓をしたくなるからだという。そのために、賃金を上げたり、特別に手当を出したりしたから、『北条屋』の借金が増えた一面もあるのだ。

「そういう下らない情けを捨てるためにも、一緒に如何でしょう」

「く、下らない情けだと！」

柿右衛門が憤慨しそうになったのを、錦は諫めるように、

「私の父は、人のことを可哀想だなんて言うなとよく言ってました。ええ、人は同情なんぞして貰いたくないんです」

「……」

「ただ優しく見守って貰いたい。それだけで十分だという人がほとんどだと思います」

「だとしたら、錦先生こそ、余計な情けを私にかけていることになる。どうか、放

ってお いて貰えないかね」

「私は情けなんてかけてません。患者のひとりとして命を助けたいだけです」

「命を……」

「はい。事実、柿右衛門さんは死のうとしました。また同じ事をするかもしれない。それを黙って見ているのは医者じゃありません」

「……」

「あなたも黙って見ていられないから、無理してまで人足を雇っているではありませんか。根っこは同じだと思います」

「だったら……」

「でもね、同情とは違うのです。そもそも情けを求める人は、おそらく自立できていない証拠でしょう……柿右衛門さんにはこれからも生きて貰いたい。そのために見て貰いたいのです。あなたが願いを込めて雇った人たちの暮らしを、その目で」

　錦の熱意に嫌々ながら腰を上げて、渋々、錦について来た頃には、ずっと雨や雪を繰り返していた空が晴れていた。

　猿江御材木蔵の掘割浚いの現場を通っていると、

「旦那さん。元気そうで何よりだ。散歩ができるまでになりやしたかい」

「晴れてて気持ちがいいですねえ」

「こちとら雪が邪魔して大変だけど、旦那さんも早く治して下さいよ」

「馬鹿なこと考えちゃ駄目だよ。生んでくれた親に申し訳ないだろうが」

「死にてえのはこっちだぜ、まったくよう」

「せいぜい養生して、まだまだ俺たちのために頑張って下せえ」

「しんどいときゃ寝てたらいいんだよ」

「借金があるらしいが、旦那さんのためなら、しばらく日当減らしてもいいぜ」

などと声が飛んでくる。柄は悪いが柿右衛門の体を思ってのことであり、普請の内情も心得ているようである。人足の中には女もおり、人懐っこい顔で駆け寄ってきて、

「旦那さんに死なれたりしたら、私ら生きる張り合いがなくなるってもんですよ」

「そうだよ。たまには、一緒に安酒飲んで、歌って踊りましょう」

と手を握りしめる者たちもいた。

気さくな人足たちの態度が、柿右衛門は意外で驚いていた。だが、自分の方から

は上手く声をかけられない。なんとなくバツが悪いのか、柿右衛門は伏し目がちだったが、錦に背中を軽く叩かれて、

「皆の衆。寒くて大変だが、宜しく頼みましたよ」

と掠れ声ながらハッキリと言った。が、錦には囁くように、

「錦先生は余計なことがお好きですな……」

「こうして、元気なところを見せてあげるだけで、人足たちは安心するものなんですよ。自分は関わりないなんて思わないで下さい」

「でも……死に損ないで、金もなくしてしまった私に、どうしろって言うんですか」

まだ引け目を感じているのか、気分が塞ぎ込んでいる柿右衛門に錦はあっさりと、

「お金なんてどうにでもなるでしょ」

「そこまで心配してくれるのなら、錦先生が工面して下さいますか。お蘭が持ち逃げした金を立て替えて、『十石屋』に払ってくれますか」

「いいですよ」

当然のように答えた錦は、しっかりと頷いて、

「私が北町奉行所に申請しておきます。公儀普請については、遠山様も御伝馬役に押しつけた負い目があるそうですからね。私が五百両もの大金を用立てるのは無理だけれど、辻井様も尽力してくれるでしょう」

「……」

「それに、江戸中の千二百人もの町名主、それから普請奉行、作事奉行、勘定奉行らを巻き込んで、今般の事情をあなた自身が真摯に話せば、いい智恵が得られて善処できると思いますよ。そのためには、まずはあなた自身が前向きに元気にならなくてはいけない」

錦はそんな話をしながら、小走りで先に進んだ。

「まだ何処かへ行くのですか……」

柿右衛門は戸惑いを感じながらも、後を追った。

富岡八幡宮の裏手にある長屋の一室には、白無垢の花嫁衣装が衣桁に飾られていた。住人はおらず、ぽつんと佇むように、薄暗い中にほったらかしにされているように見えた。

表戸を開けて入った錦は、後から来た柿右衛門にその花嫁衣装を見せた。

「──これは……」

凝視している柿右衛門の顔を、錦は覗き込んで、

「見覚えがありますよね。白無垢だけれど、生地と同じ真っ白な鶴が、裾の辺りに織り込まれているのです」

「……」

この長屋に住んでいるのは、お絹という女である。娘とふたり暮らしだったが、娘はつい最近、嫁ぎ先に移っている。

「お絹……？」

柿右衛門はその名に覚えはない。すると、錦は、

「本当に知らないようですね。でも、お絹さんの方は、あなたのことを命の恩人だって、ずっとそう思い続けているらしいですよ」

「どういうことです、錦先生……」

「〝がはは先生〟の患者さんだったので、それで聞いたんですがね。この長屋の娘の嫁ぎ先は、あなたが世話をしたそうじゃないですか。お絹さんは、そう言ってますよ」

「私が……？」

知らないと首を振ると、表戸から小肥りの中年の女が帰ってきた。お絹である。

今の今まで近くの普請場にいたのだが、昼飯を食べに帰って来たのである。

「おやまあ、先生……どうして……」

錦の顔を見るなり、お絹は恐縮したようになった。

「娘さんは幸せに暮らしてますか」

「ええ、お陰さんで……でも、先生。人のことより、自分のお婿さん探しをした方が宜しいんじゃないんですか？」

と言いかけて、柿右衛門の顔を見て、

「あれ……この御方は……」

不思議そうになったお絹は、雇い主の顔を知らなかったようだ。普請場のみんなに知られているわけではないからだ。

「この花嫁衣装は……」

柿右衛門が訊くと、少し訝しげに見ながらも、お絹は答えた。

「これは普請問屋の『北条屋』の奥様からお借りしたものなんです」

それを、お絹が少し仕立て直して、お絹の娘が祝言に使うというのだ。

「でも実は、まだ着てません……ええ、『北条屋』の旦那が、すっかり治ってから、祝言を挙げようと、娘は決めたんです」

お絹がそう言うと、思わず柿右衛門が前に進み出て、

「それは……どういうことだね」

「旦那様はどなたですか？」

訊き返したお絹に、錦が身許をわざと伏せて知り合いだとごまかし、

「私も聞きたいな。祝言を延ばした訳を」

とあえて訊いた。

「錦先生も知ってのとおり、私は亭主に逃げられてから、親ひとり子ひとり……娘のお花はよくできた子でね、茶店で働いていたんだけど、浅草の小間物問屋の跡取りに見初められて、祝言を挙げることに……」

「でも、先延ばしにした」

「もちろん結納は交わしていますから、お披露目はいつでもいいと」

披露宴よりも、家同士が親戚になる結納が大切である。ゆえに正式に結婚をして

いるのだが、披露の儀式は先延ばしにしたというのだ。町内や親戚の者たちも承知してくれている。その訳は、『北条屋』さんにも来て貰いたいからというものだった。

柿右衛門は驚きの目で見ていたが、それには気づかず、お絹は続けた。

「だってさ、先生……大きな声じゃ言えないが、死に損ねたっていうじゃないか。あたしゃもう吃驚してね……どうか助かって欲しいって、毎日、八幡さんとお不動さんにお百度参りですよ」

「どうして、『北条屋』さんに……？」

「そりゃ、私たちの命の恩人ですからね、来て貰わなくちゃ困ります。そのことは、先方の小間物問屋さんから、『北条屋』に伝えて貰って、了解して貰ってますから」

「浅草の小間物屋って、『三好屋』さんかね」

思わず柿右衛門が声をかけると、

「はい。そうです。旦那様もご存じで？」

「ええ、まあ……」

どう答えてよいか分からず頷く柿右衛門に、お絹は話した。

「私は遠い昔……娘がまだ五つくらいの頃に、亭主に逃げられ路頭に迷っているとき、それこそ死のうと覚悟をして首を吊ろうとしたことがあるんです……さすがに娘まで殺すのは忍びなく……その前日に、知り合いのところに、ちょっと旅に出ると嘘をついて預けてました……そのとき、ある人がたまたま、その長屋の溝浚いをしていて、異変に気づいたのか、駆け込んできて助けてくれたのです」

「……」

「助けてくれた人は、私を抱きしめて、『死ぬなんて、バカなことをするんじゃない。死ぬ覚悟があるなら、どんなことをしてでも生きていける。嫌なことだって、それを踏み台にして生きていけるんだ』と私を叱りつけたんです」

「それが……『北条屋』のご主人でした……先代のご主人ですが」

「先代……」

柿右衛門がぽつりと聞き返すと、お絹はしっかりと頷いた。

「はい。先代のご主人は……今のご主人はどうか知りませんが……先代はよく自ら普請場に出て、一生懸命働いてました。だからきっと、色々なことにすぐ気づいたんでしょうね」

「……」

「とにかく、私を助けてくれて、温かいものでも食べろ。そうすると気持ちも変わるって、かけ蕎麦を買ってくれて、食べさせてくれた。それから、当面のお金をくれた上で、『うちは萬《よろず》請負で、普請場だの土砂浚いなどの汚れ仕事しかないが、やるかね』と仕事までくれた……あたしら親子は、『北条屋』さんに生かして貰ってると思ったんだ」

お絹は長年、普請場で働いたという。でも女ながら、今になるまで仕事を変えなかったのは、体が元気だったのもあるが、『北条屋』に恩義を感じていたからだ。ずっと『北条屋』のために働こうと心に誓っていたからだという。

「つまりは、うちの娘が育ったのも、『北条屋』のお陰。『北条屋』さんがなかったら、私は死んでいたし、今の私たちの暮らしもない。そして、『三好屋』さんのご主人も、『北条屋』さんの世話になっているのなら、間違いないって、娘を迎えてくれた」

「だから、祝言に……？」

「ええ。でも、先代はとうに亡くなっているから、今のご主人に来て貰おうと、

『三好屋』さんから頼んで貰ったんだけれど、この前の騒ぎでしょ……なんで、あんなことをしたのか……命を大切にしろと叱ってくれた人の子なのに……二代目はお坊ちゃんだから、甘えているのかねえ」

「……」

「そういや、あまり普請場に来た話も聞かないねえ。色々と忙しいのは分かりますが……でも、先代のためにも頑張って欲しい。私らみたいな人間を助けてくれたのは、『北条屋』しかいない。だから、どうしても、今のご主人には娘の晴れ姿を見て貰いたいんです」

切々と語るお絹の顔を、柿右衛門は自分の目に刻み込むように見ていた。錦は柿右衛門の背中を軽く叩いたが、柿右衛門は声をかけることはなかった。ただ、

「――ありがとうございました……これからは頑張ります」

と礼を言うと、逃げるように立ち去った。

「なんだい、あれ。人がせっかく、いい話をしてやってるのによう」

お絹が首を傾げると、錦はにっこりと笑って、

「ま、そのうち分かりますよ。娘さんの祝言、よかったら私も呼んでくれません

か」

「そりゃ嬉しいけれど……先生のような美人が来たら、どんな綺麗な花嫁でもかすんでしまうでしょうから、お花が可哀想……」

「冗談は嬉しいけれど、本当にお祝いしたい人が来ると思いますよ」

「ついでに、私の新しい旦那も来てくれないかねえ」

屈託のない大笑いをするお絹と、それを喜んでいる錦の姿を遠目に見ていた柿右衛門は、自分が惨めな気持ちになってきた。いや、人とのふれあいが大切なのだと、改めて羨ましく思えてきたのだった。

七

柿右衛門は申し訳ないのと、恥ずかしいのが入り交じって、店に戻って考え直すと話したが、錦はもう一箇所だけつきあって下さいと誘った。

「八十吉さんて、ご存じでしょ」

「え、ああ……普請場の組頭の……」

「この方も、宝真先生の患者さんだったそうなんです。会ってあげて下さい」

「――錦先生のお気持ちはよく分かりました。もういいです……」

「働いている人たちの思いが、あなたの心に響かないことには、先代が目指していたことが叶わないのではありませんか……私も父を継いでるようなものですから、あなたの気持ちも少しくらい分かります」

「先生は若いのに、なんだか……こっちが説教されている気分だ」

「ええ。説教しているのです」

屈託のない笑みを返すと、さあさあと柿右衛門の背中を軽く押しやった。

新須賀清水は永代橋のさらに下流、大川が緩やかに曲がった河口あたりにある。海から強い潮風が吹きつけてくる所だ。江戸中のあちこちから浚渫してきた土砂で埋め立てる作業は大変なことで、水気の多い砂山を何度も積み重ねるようなものだった。

しかも、水害が起これば、たちまち流されるから、幾重にも杭や基礎を固めて、気の遠くなるような普請が繰り返されていた。何年かかっても遅々として進まない現状を見て、

「公金の無駄遣いではないか。仕事にあぶれた者たちの救済事業に過ぎない」

と心ない言葉を発する町人たちもいるが、それは的外れで、掘割に堆積している土砂や瓦礫を除去しているからこそ、江戸の暮らしが成り立っているのである。土砂の置き場所、捨て場所が、新須賀であるのは運搬や立地を考えてのことであった。

強い風が吹いている中、何十艘もの川船が押し寄せ、何百人もの人々が土砂を揚げて、敷き固めてきた。広い土地はもう三千坪あまりに広がっているであろうか。埋め立て地の場合、一度、固定すると次の三千坪はこれまでの倍の早さでできるという。

普請場の一角に来ると、組頭の八十吉が海風が吹きすさぶ中で、大声を上げて人足たちを励ましているのが見えた。その八十吉が柿右衛門に気づいて、

「これは、びっくりだ。旦那が見廻りとは……もう大丈夫なんですかい」

八十吉は若い衆に仕事を任せると、手を挙げながら駆け寄ってきた。

「どうしたのです。この前の大雨で流れた所が気になって来たんですかい」

柿右衛門に親しみを込めた態度で、八十吉は声をかけた。

「普請については、おまえにすべて任せているから心配してはいないよ」

「それにしても、本当に大丈夫なんですか」

「ああ、そのうち、酒も飲みたいな」

「へえ。お待ちしておりやすよ……それより、錦先生と散歩とは隅におけやせんねえ。見せつけに来たんじゃないでしょうね」

「まさか……今度のことで色々と世話になってな」

「こんな綺麗な先生に介抱されたら、死ぬに死ねやせんね」

ふざけて減らず口で笑うと、八十吉はすぐにまた心配げに、

「お蘭さんのことも心配でさ……そりゃ、あんまりだ。でも、こんな別嬪さんとそうなったら、俺の女房も逃げるってもんで」

「冗談はもういいよ……少々、人生に疲れてな……」

「そりゃね、旦那……気持ちは分かりますがね、俺だってもう十年以上この仕事をしてんだ。いい加減、飽き飽きしてやすよ。でも、女房子供に楽をさせてやらないと」

「おや、子供がいたかね」

「腹の中にね、えへへ」

「そうだったのか、それは目出度い」

「へえ、ありがとうございやす」

八十吉は目の前に広がる、海風の中の普請場を見廻しながら、

「俺たちゃ一言の文句も言わず、あれができねえ、これが駄目だなんて言い訳もせず、せっせと新須賀を埋め立ててんだ。働き続ける蟻のような一生かもしれねえ。けどな、蟻と違うのは、この新須賀に俺たちの新しい町を造るって夢があるからだ」

「新しい町……」

「そうだよ。そりゃ、日当を貰うためだけに働いてる奴もいるだろうさ。だが、少なくとも俺の組の者たちは、銭のためだけじゃねえ。この夢のために働いてる」

胸をドンと叩いた。柿右衛門とて、八十吉の言っていることは綺麗事ではないことを承知している。

「この普請は、掘割を浚うのも含めて、『北条屋』が担ってる。俺は旦那との約束を忘れてねえよ。旦那っても、先代の旦那だがな……俺が言うのも憚られるが、あの人は立派だった。先代のお陰で、ここにいる連中はカカアを貰うこともできたし、

人並みの一家団欒てのも味わうことができたんだ」

「ああ、そうだな……」

「本当に人に温ッたけえ、日だまりのような人だった……どんな寒い日でも、木陰からちょいと表に出れば、氷や霜が溶けちまうくらい、温もりのある人だった。だからよ、俺たちは、決めたんだ。『北条屋』の旦那が、存分に隠居暮らしできるような町を造りてえってな。そこに、俺たちも住むんだ」

八十吉の力強い声が、なぜか途切れて、感極まって涙を堪えた。

「それが、俺たちのささやかな夢なんだ。それもこれも、『北条屋』があってのことだ……だから、死なないで下せえ」

じっと聞いていた柿右衛門は、八十吉の薄汚れた顔を見つめながら唇を噛んだ。

「柿右衛門の旦那はたまにしか顔を出さねえけど、まあ多分、やることが一杯できたんだろうがよ……金勘定ばかりしているから、首を吊りたくなるんだ。バカタレが」

まるで酔っ払いのように八十吉は、柿右衛門にしがみついて、

「そうだろ、旦那……たかが金じゃねえか。ねえならねえで、俺たちにそう言やい

いんだ。悪いのは御伝馬役の信兵衛だってことくれえ、俺たちはみんな知ってる。あいつがネコババしてる金を、ここにいる連中で取り返してやらあ。『北条屋』がなくなったら、俺たちが困るんだからよッ」

奥歯を嚙みしめながら語る八十吉に、柿右衛門は思わず土下座をして、

「申し訳ない！ これからは馬鹿なことは考えず、おまえさんたち、みんなのために、親父以上に一生懸命頑張ります！」

「……」

「こんなに親父のことを、『北条屋』のことを思っていてくれるなんて、それこそ考えてもみなかった……私もただただ、何とかみんなに食い扶持を与えたいというだけで、心を痛めてましたが、それも独りよがりでした……八十吉、おまえの気持ちをよく胸に叩きつけておきます」

柿右衛門は顔を上げて立ち上がり、そして、できる限り力強く言った。

「必ずみんなの町を造る。親父のような、日だまりが沢山ある町を造る。そのために、私もグズグズ言わずに頑張ります。だから、どうか、どうか！ これからも、宜しくお願いいたします！」

泣きながら声を張り上げた柿右衛門を、八十吉はじっと見つめていたが、

「旦那……丁寧な口振りはやめてくれ……気持ち悪いからよ……」

「えっ……」

「けど、俺たちも頑張るから、旦那も新しい新須賀の町を造るために、宜しく頼まあ。旦那が隠居するまで頑張るよ」

両肩を落として涙ぐむ柿右衛門の肩を、八十吉は軽く叩くのだった。

「案外、いい人なんですね、お隣さんは」

思わず錦が洩らすと、八十吉は「えっ」と振り返った。

「あ、いえ……宇都宮さんが、いつもいい人だって言ってるから」

「嘘だろ。あの人は俺の顔を見るたびに小言を……ま、いいけどよ。やっぱり新しい町ができても、俺は先生の隣にいようかな」

八十吉がコロッと態度を変えると、柿右衛門と錦は、なんだか可笑しくなって、大笑いするのであった。

だが、江戸湾からの海風には白いものが混じってきた。

八

北町奉行所から、御伝馬役の信兵衛に差し紙が届いたのは、それから数日してのことだった。むろん新須賀清水町の普請について質疑をするためである。

詮議には、吟味方与力・藤堂逸馬《とうどういつま》が対応し、定町廻りの佐々木も同席していたが、遠山奉行も臨席するとのことだったので、余計な口を挟むなと釘を刺されていた。

奥村信兵衛は、お白洲代わりの土間に座っていたが、ふてぶてしい態度であった。元々は三河武士であり、苗字帯刀も許されているのに、あまりの待遇だと言わんばかりであった。

藤堂は承知の上で土間に座らせ、これまでの公金流用にまつわる疑いを話して聞かせ、『北条屋』から預かった帳簿類も提示しながら、信兵衛に質疑した。

「むろん、おまえだけが悪いわけではない。新須賀の普請や浚渫については、慣例とはいえ、町奉行所が丸投げしていたことも反省しておる。その上で改めて訊く」

「……」

「公儀からの普請費用の上前をはねるのは、ある程度は仕方がないとはいえ、不足分については、おまえが『十石屋』朔兵衛と結託して、『北条屋』柿右衛門に、しなくてもよい借金をさせて、不法に取り立てさせていた。それが原因で、柿右衛門が自害しようとしたとのことである。さよう相違ないか」

「どうか、ご勘弁下さい、藤堂様……私は人様に後ろ指されるようなことは一切しておりません。柿右衛門さんがそんなことをしたとしたら、他の訳があるのでは……私は何も関わりございません」

言葉遣いは丁寧だが、信兵衛は喧嘩腰に見えた。奥村家は、徳川家直々の下命によって町名主になった由緒と格式がある家柄で、御伝馬役を担っている誇りも高かったからであろう。

「しかし、町奉行所の調べによると、幕府から下した公金のうち、なんと半分もおぬしが取っているとある」

「取っているとは、心外でございます。私どもは、公儀からの普請代を預かっただけでございますよ」

「聞いてやるゆえ、異論があるなら申し述べるがよい」

信兵衛は奥にいる遠山にも深々と礼をして、

「お奉行様もご存じのとおり、江戸市中の浚渫並びに埋め立てに関する普請は、結局は大勢の人の手によるしかありませぬ。橋梁や家を建てるのと違って、いわば自然との闘いでありますから、長い年月がかかります」

「さよう。で……」

藤堂は冷ややかな目を向けて聞いている。

「しかし、公儀からの普請代は、一度に払われます。今般については、二度に分けて受け取りましたが、これを五年、十年先まで維持せねばなりませぬ。その間に、材木やら運搬にかかる費用など諸物価が上がることも考えられます。そうなれば、公儀から受け取っていた金だけでは、人足代が出なくなるかもしれません」

「場合によっては、幕府は追加金を出すこともあるが……」

信兵衛は頷いたものの反論した。

「——出すこともある……かつて一度でも、さようなことがありましたか？　ですから預かった公金は当面に必要な分を、萬請負の『北条屋』に渡し、残りは運用に廻したのです。先物取引などによって利鞘を稼いで、先々のために公金を増やしておく必要があります」

「なるほど、公金を先物取引に使ったことは認めるのだな」

「あくまでも普請に関わる公金を増やすためです。私腹を肥やしたわけではありません。預かっているだけのことでございます。すでに藤堂様に差し出して、検討して戴いているはずですが、恥ずべきことはしておりません。遠山様もどうかよくお調べ下さいまし」

救いを求めるように信兵衛は遠山を見たが、藤堂はあっさりと、

「『北条屋』柿右衛門との話が違い過ぎるから、こうして詮議しておる。預かっている金があるなら、何故、『十石屋』にわざわざ借りさせたのだ」

「柿右衛門さんの尻拭いをしろとでも？　あの方は、人足にいい顔をしたくて、給金を沢山、払ったりするから自分で自分の首を絞めたのです……あ、これは譬えが悪うございました」

「不謹慎な奴め」

遠山がボソリと言ったのを、信兵衛はしっかりと聞いたが、じっと射るように見

ている佐々木のことが気になったのか、

「吟味に関わりのない定町廻りの佐々木様が、どうして、この場にいるのでしょうか」

と矛先を躱すように言った。

佐々木は発言を慎むように制されていたが、とっさに答えた。

「俺は、おまえが錦先生を殺そうとしたのを調べていたのだ」

「なにを馬鹿な……」

「大八車で殺しかけたじゃないか、ええ！　その話は後でたんまりする。おまえに金で命じられた奴も、ぜんぶ喋ったんだよ」

佐々木が横柄な口を叩くと、藤堂に「よせ」と止められた。それでも、佐々木は忌々しい顔を向けて声を荒らげた。

「直に話した方が気が楽になるぞ」

とだけ吐き捨てるように言った。だが、信兵衛は人を食ったような顔で、藤堂に裁決を求めた。が、「慌てるな」と書類を信兵衛の前に叩きつけるように置いて、

「今一度、尋ねる。何故、『北条屋』から、人足代や道具代などの申し出があった

ときに断っておるのだ」

「入れ札にて、『北条屋』は適正だったから選ばれたのです。にも拘わらず、後になって足らなくなったから、もっと出せ——と言われても、ご公儀の金ですから、言われるままに渡せないのは道理でございます」

「つまり、『北条屋』のやり方が悪いと？」

「そういうことです。ですから、尻拭いは御免と申しました」

「さようか。だが、働いている人足は日々の暮らしがかかっておる。そのため、柿右衛門は『十石屋』から多額の金を借りて、日当を支払ってやり、その返済に窮しておる。おまえはそれを見ていて平気なのか」

藤堂が詰め寄ると、信兵衛は面倒臭そうにそっぽを向いた。

「五百両もの大金だぞ。しかも返すはずの金を、女房のお蘭が持ち逃げした」

「夫婦のことまで、私は知りません」

相変わらず冷静に見ている藤堂の目は何を考えているのか分からぬほどだった。

「信兵衛……おまえが『十石屋』と結託して、柿右衛門に借金させ、窮地に追いやったのは事実だ。そうであろう」

「とんでもございません。柿右衛門さんのやりくりがまずかったから、朔兵衛さんが助けたのではないですか」

「いや。お上が信兵衛……おまえに預けた金を、朔兵衛に利子を付けて又貸しただけでも罪だ。相手は、柿右衛門だけではあるまい。そして、おまえは公儀の金を勝手に運用していると、自分で話したよな」

「ですから、それは少しでも増やすために……それが罪だとおっしゃるのならば、新須賀の普請を私ども御伝馬役に押しつけるのはやめて下さい。もうご勘弁下さい」

信兵衛が居直ったように声を強めると、

「すぐにやめたい、のだな」

と奥で見ていた遠山がいきなり声をかけてきた。

「え、あ……はい」

「聞いたか、藤堂……では、『北条屋』の借金は保留ということでよいな。奥村に預けている公金もすべて返して貰え」

遠山が断ずるように言うと、信兵衛は腰を浮かせて、

「ええ？　それはどういう意味でしょうか」

「今、普請をやめると言うたではないか。だから、おまえの手元にある金はすべて公儀に返し、『北条屋』の五百両の借金を帳消しにするまでだ」

「そんな……」

「おまえたち三人での取り決めで、しかも原資が公儀の金なら何の問題もあるまい。のう、信兵衛、おまえは損はしておらぬし、柿右衛門が『十石屋』に返済することはあるまい」

「……」

「それに、お蘭はすでに、この佐々木が捕らえておる。お蘭の話によると、返済の五百両の金は、どうせ『北条屋』は潰れるから、持ち逃げした方がよいと、おまえが唆したそうだな……おまえも以前は、お蘭の上得意客だったそうではないか」

気まずそうに信兵衛は顔を伏せた。

「その狙いは何だ、信兵衛……『北条屋』を追い詰めて、すべての普請を中止させ、おまえが手にした金はそっくりそのまま、手元に残す算段だった。違うか。お蘭はそう証言し始めておるぞ」

「——なんの話でございましょう……」

信兵衛は青ざめたが、関わりないと突っぱねた。

「お蘭と柿右衛門は元々折り合いが悪かったから、おまえはそこに目をつけた。お蘭には、いずれ自分の女房にすると約束していた。それだけではない。『北条屋』が潰れると、別の普請問屋に新たな普請や浚渫などを請け負わせて、また上前をはねるつもりだった」

「……」

「綸助もまた、辻井に説得されて、正直に話し始めておる……〝はちきん先生〟がうろちょろするのが、そんなに目障りだったか」

遠山が勝ち誇ったように言うと、信兵衛の表情が俄に変わって、

「殺せとまでは言ってない！」

と怒鳴った。

「ほう。では、なんと言ったのだ」

冷静な表情の遠山を見て、信兵衛はシマッタという顔になったが、さらに居直った。

「勝手な能書きばかり垂れやがって……私を誰だと思っているのだ」

「咎人だと思ってるよ」

「うるさい！　お上は面倒な仕事を、すべて我々町人に押しつける。土砂だけのことじゃない。腐った橋だって壊れた水道だって、淀んだ溝もだ。自分たちは何も手を汚さず、何もかも押しつけてくる……御伝馬役だって、そうだ。わずか、十二石三斗六合という微々たる扶持米で、何千の馬や駕籠、人を調達しなければならない。……いいように町名主を使っているのは、お上じゃないか！　これくらの金儲けをして、何が悪いと言うんだ！」

立ち上がって摑みかからん勢いの信兵衛の肩を、すっと出た佐々木が押さえた。

「自分たちの暮らしのためじゃねえか」

「うるせえやい、サンピンがッ」

「とうとう地金が露わになったな。三河武士は気が短いというが、本当のようだな。それ以上、ガタガタぬかすと奥村の苗字に傷がつく。あんたの身も滅ぶ」

信兵衛のわなわなと震え始めた体を、佐々木がさらに強く摑んで、

「扶持米が不満というが、人馬を調達するごとに費用は出ているし、拝借地や拝借

金によって、御伝馬役にはそれなりの報酬もあるはずだ……今なら、ここだけの話で済ませることができるという、お奉行の配慮が分からないのか」

と言うと、遠山自身が声をかけた。

「おまえも御伝馬役であり、町名主ならば普請場に足を運んでみたらどうだ。柿右衛門はこれからは先代に倣って、激務の合間にそうしていくと誓った」

「……」

「人の値打ちは、その人が得たものではなくて、人に与えたもので決まる……そういう先代の思いを継いでな」

遠山の言葉に、信兵衛は肩を落として、ゆっくりと瞼を閉じた。

実は——この一切のやりとりを、錦は控えの間から見ていた。緊張したお白洲などでは、責める側も責められる側も、神経が高ぶって卒倒することがあるからだ。

だが、概ね本当の悪党は自分が責められても、脈拍が増えたり呼吸が乱れたりしない。動揺している信兵衛はまだ救いの芽があるかもしれないと、錦は感じていた。

これを機に、幕府も公儀普請の押しつけを自ら制するようになった。その陰に、錦の配慮があったことは誰も知らないが、これからも『北条屋』柿右衛門とともに、大変な仕事に携わる人足たちの堅固も見守ることを、錦は心に誓うのであった。

第三話　儚き夢の

一

江戸四宿のひとつ、東海道最初の宿場町・品川宿で異変が起こったのは、正月の七草粥の行事が終わった頃だった。大晦日からの寒さが続き、この日は雪だった。

品川宿は飯盛旅籠屋のある岡場所としても栄えており、旅の途中の男衆たちは、極寒の中でも誘蛾灯のように吸い寄せられている。幕府は品川宿の飯盛女の数を五百人と決め、各旅籠には二人までとしていたが、真っ正直に従う所はない。怪しげな水茶屋も数えると二千人の遊女がいると言われている。

目黒川より北が北品川宿、南が南品川宿とされ、さらに北品川よりも北には歩行《かち》新宿があった。高輪と品川宿の間にも茶屋町が続いていたが、目黒川を南下し、街道から少し外れた御殿山村《ごてんやまむら》にて疱瘡の疑いのある村人が見つかり、しだいに広がっているという噂が立ち上っていた。

東海道の初宿で、陸海ともに江戸の玄関口であり、参勤交代の行列通過も多い所ゆえ、勘定奉行と町奉行、道中奉行がそれぞれ財務、治安、問屋場などの支配をしていた。

品川本陣からは、町名主である高野義兵衛《たかのぎへえ》が罹患した者を村はずれの〝疱瘡小屋〟に隔離していたが、周辺の村の代官手代や手付《てつき》、防疫に馳せ参じた町方同心の中にも疱瘡になってしまう者もいて、手をこまねいていたのである。

品川の町名主の務めは幅広く、人別《にんべつ》支配や諸役負担、訴訟関係はもとより、街道や橋梁や水道、木戸番や火之番の管理などでも町奉行の支配のもと、日々、奔走していた。さらに、疱瘡が広がるとなれば、旅人も多い宿場だけのことではないので、お手上げだった。

疱瘡とは、天然痘のことである。元々、日本には存在しない病気だったが、古代に朝鮮半島と交流したことから持ち込まれたと言われている。中国の虜瘡《りよそう》という病気が原因とも言われているし、さらに遡って、古代インドが発生地とも言われているが、文明の交流、交易、戦争などで広がるのは宿命とも言えよう。

それが、日本でも十数年に一度、猛威をふるって、庶民はもとより、貴族や武士階級にも多くの犠牲者が出た。疱瘡によって、何度も改元されているほどだ。しかし、ウイルスが起こしているとは分からない時代である。麻疹と同様に〝怨霊〟の仕業と思われており、ひたすら祈祷するしかなかった。

ただ、麻疹同様、一度、罹患した者は二度とかからない免疫力ができるということは、経験として分かっていたから、何らかの処置ができると考えていた医者はいた。すでに、英国では医師ジェンナーが〝牛痘種痘法〟を確立しており、人痘も長崎を経由して、治療法として日本にも入っていたが、人疱はまだ危険とのことだった。

もっとも、中国では古来より、子供に対しては、〝人痘種痘法〟によって病気の蔓延を防ごうとしていた。しかし、この方法は罹患していない子供に感染させて、却って死亡に至らしめる度合いが高かった。ゆえに、一か八かの施術に過ぎなかったのである。

大流行すれば、何万もの人々が死ぬかもしれず、江戸のように大勢の人間が密集している所ならば尚更である。どういう経路かはまだ不明だが、江戸にも数人の患者が発生しており、小石川養生所では隔離をしている状況にある。

そんな中で、八田錦は江戸での蔓延を阻止するべく、小石川養生所医師・松本璋庵とともに北品川外れの御殿山村まで視察に来ていたのである。松本は三十七歳の蘭方も修めた医師で、幕府の御典医を担ったこともある。

もちろん、御殿山村に来たのは、視察だけではない。璋庵としては、〝人痘種痘法〟による防疫に努めたいという強い意志があったからだ。しかし、品川代官所陣屋で、事情を聞いた錦と璋庵は、悲惨な現実に愕然となっていた。すでに数人が亡くなり、罹患している者は子供や赤ん坊を含めて、その数倍に上る。つまり、村全体が死の淵にあり、品川宿にも影響を及ぼしているようだ。その村を自分の目で見たいという錦に、

「やめておきましょう。八田先生に感染《うつ》れば、それこそ江戸町人は恐怖におののき、町政にも多くの支障をきたすでしょう」

と高野は言った。しかし、ここで止めなければ、江戸百万の人々に広がり、それこそ収拾がつかなくなると、璋庵と錦は頑張った。

「いつぞや常陸や越後で、疱瘡が広がった際には、罹患した者たちが襲われたり、

それに携わった医師も殺されるという悲惨な事件がありました。その二の舞には決して、なってはならないのです」

徹底して隔離せざるを得ないのだ。しかし、昔の話だが、山深く神々の聖地である熊野ですら疱瘡が流行った。それは鬼神の仕業だと思われていたから、諸国で疱瘡神社を作って拝んでいた。さらに、幕府は常に予防などの対策をしていたが、それでも病疫を止めることはできない。

「だからといって諦めるわけにはいきませぬ。私としては……八田先生とも事前に話し合ってきたことですが」

璋庵は毅然と高野に申し出た。

「御殿山村の患者から、病原菌を採取して、それをもとに治癒させたいと考えてます」

つまり、〝人痘種痘法〟によって患者を治し、病気の拡大を食い止めたいのである。容易ならざることは承知している。却って病巣を広めることにもなりかねない。だが、不十分な防疫だとしても、指を咥えて見ているわけにはいかないのが医者である。ふたりが目指しているのは、病原菌を絶滅させるのではなく、人体に入るのを食い止めることだった。

「今でも疱瘡は〝十二日病〟と呼ばれるとおり、その程度の日数で治まります」

璋庵は懸命に、高野に対して説明をした。

「高熱が出ても、三日くらいで熱は下がるものの、口の中や喉、そして顔や手足の皮膚に発疹が出る。発疹はやがて全身に広がって、膿なども出すようになるけれど、最後は瘡蓋《かさぶた》となって治癒します」

「治るのですね……」

「はい。でも、治るのは運がいい方です。十人に、二、三人は死ぬという恐ろしい病で、乳幼児は助からないことも多い。ですから実は、〝人痘種痘法〟によって、何とか阻止したいのです」

この方法にも幾つかあって、疱瘡にかかった子供の衣類を他の子供に着せたり、患者の膿や瘡蓋を粉末にしたものを子供の鼻孔に入れておいたりするのだ。これらの方法は、漢方医でも承知していることだった。

高野も「隔離、投薬、救米《すくいまい》」という施しを手抜かりなく行っていた。それでも、日を追うごとに体力を失って、病床に伏せざるを得ない村人が増えた。町名主としては、他所に広がらないように対策を取ることも焦眉の急であった。

とにかく、村に行かないことには、何も始まらないと、璋庵と錦は使命感に駆られていた。万が一に備えて、錦は璋庵によって事前に疱瘡の膿を鼻孔に植え込んでいたが、それでは不十分である。璋庵はもっと進んだことをしようと考えていた。

御殿山村は真っ白な雪に覆われ、美しい景色が広がっていた。痘瘡に罹った村人がいることなど、まったく感じさせない。

むろん時節柄、野良仕事をしている者はおらず、時折、吹雪く音が寒々しかったが、疫病とは無縁のようだった。こんな村の片隅に、ひっそりと疱瘡小屋が建てられていた。粗末な建物ではあるが、ただの小屋でないのは、きちんと漆喰で塗り固められていることで分かった。よって風雨が入り込むこともない。

村の名主、組頭、百姓代などの村役人も交代で詰めているようだった。村人の命を救うと同時に、よその村への拡散を防ぐためには、隔離をせざるを得なかったのである。しかもすぐそこは品川宿である。大勢の人々が往来しているため、一旦、広がり始めると手がつけられなくなるであろう。

疱瘡小屋の患者たちの体と心にかかる負担は重く、中には死ぬのを待つしかない人もいるようだ。だが、名主たちはどうすることもできなかった。

　錦と璋庵が訪ねて来ても、すぐに改善されるわけではない。だが、神にも縋る思いで、名主の権之助《ごんのすけ》は老体に鞭を打って、名主屋敷から出向いてきていた。中西公《なかにしこう》琳《りん》という村医が来ており、患者の容態などを診ていた。公琳は、〝がはは先生〟こと山本宝真の弟子である。

「璋庵先生……此度の痘瘡は、数年前の川崎宿のときよりも弱いものですから、拡大はしにくいと考えられますが、体の弱っている年寄りや乳飲み子が罹れば危ういと思われます」

「うむ。しっかりと隔離と消毒をせねばならぬが、とにかく〝飛び火〟は食い止めたい。容易ならざる事態は避けたいからな……とはいえ、これといって凄い手があるわけではない。ただ……今一度、試してみたいことがある」

「種痘の苗を植えるのですね。これまでも先生は、兎などの生き物にかかる疱瘡は、人にも伝搬するけれど、とても弱いものだと気づいておいででした。もしや、それを？」

「さよう。〝人痘種痘法〟で苗を植えたら治る者もいるが、そのまま罹患して死んでしまうことも多かった。まさに賭け事みたいなものだ。しかし、痘瘡に罹った兎の膿から作った苗ならば、穏やかに効くことが分かっておる。それを試したい」

「ならば、私で試して下さい」

錦は申し出たが、璋庵は首を縦に振らなかった。

「先生も知ってのとおり、大人に植えた痘瘡の苗は、繁殖が弱くて効き目が弱いのです」

「子供だとよいのですか」

「はい。種痘の苗を植えた子供を連れて行って、患者に植えれば改善しましょうし、罹っていない者には痘瘡になるのを防ぐことができるでしょう。ですが、すでに罹患している子供には植えることはできません」

「ええ。未罹患の子を使わねばならないのです」

公琳はそう補足して、錦を見やった。公琳はまだ若々しく、元は武士だということで、ギラリと輝いている瞳は青年のようであった。見方によれば野心が強いようにも感じるが、医術に対する熱い思いは人一倍あるようだった。

「ですから、璋庵先生……私は小石川養生所で待っている患者のためにも、一刻も早く、苗を植えたいのですが、それに応じてくれる子がなかなか見つかりませぬ」

「まあ、それはそうだろう……万が一、感染すれば、死ななくてよい命を落とすことになる。我が子を危険な〝実験〟に使いたくはあるまい」

事実、璋庵は自分の妻子を、痘瘡の苗作りに使って、亡くしている。にも拘わらず、璋庵は諦めるどころか、さらに新たな方法を構築しようとしていた。それこそが妻子への供養になると思っていたようだ。

他人に同じ思いはさせたくない。いくら安全だと説いたところで、誰も納得して承知することではあるまい。

「いや。それならば、ひとり当てがある」

と高野が口を挟んだ。

「実は、この村に来ている悪ガキに、身を差し出すことを承知させておるのだ」

「悪ガキ……？」

錦が訝しむと、高野が険しい目のままで一方を指した。

棒きれを無造作に振り廻しながら、畦道をぶらぶらと歩いてくる男の子がいる。体は少し貧弱だが、まもなく十五歳だという。その子を見やって、

「寛平《かんぺい》というのだが、昨年の暮れ、江戸の神田で、とある両替商に押し入って、主人を殺して金を奪ったのだ」

「えっ……」

「御定書第七十九条に従って、十五歳になるまでは親戚預かりにして、その年齢に到達したときに処刑される。その際、罪一等減じられることが多いが、元の刑は、引き廻しの上、獄門ゆえ、死罪は変わらぬ」

「……」

「だから、その体を人の役に立てよと、私があいつを説得したのです」

雪の中を犬のように駆け廻ったり、飛んだりしながら近づいてくる寛平の姿を見て、錦は胸の奥がキリキリと痛んだ。

二

疱瘡小屋の近くに建てている養生所でも、村医の弟子や看護人が交代で、患者の治療や世話をしている。

同時に、苗を採取して培養をして植えつけるという作業もしていた。公琳が璋庵から学んだことを実践していたのだが、幸い少しずつ快復する患者もいた。

最も恐れているのは、やはり感染の拡大である。一刻も早く江戸の患者に施したい気持ちはあるものの、下手をすれば菌をばらまくことにもなりかねない。璋庵は、慎重には慎重を重ねて、〝培養〟するものを、発症しかかっている江戸の患者に植えることも考えていた。

そもそも、日本古来、疱瘡患者を見つけた場合には、手厚く保護をしなければならないという不文律があった。

人里離れた寺を疫所として使い、村が費用を負担した。これは、旅人などの行き倒れの疱瘡患者も同様で、丁寧に扱った。でないと、山犬や狼などがその死体に群がって、病を伝染させるからである。

しかし、中には〝山捨て〟といって、深い山に患者を捨てに行かざるを得ない者もいて、悲しい出来事も各地に残っていた。そのような惨禍から人々を救うことが、璋庵の医者としての使命であった。

「本当によいのですね、寛平さん……」

錦が慎重に問いかけると、寛平は無表情のまま小さく頷いた。

「さん、だなんて……俺なんか呼び捨てでいいよ」

この村で保護されてから、少し背丈も伸びたらしいが、あどけなさは残っているし、とても押し込みを働き、人を殺めたような人物には見えない。

「あなた自身が感染して死ぬかもしれないのよ」

脅すつもりではないが、錦は覚悟を確かめたかったのだ。

「いいんだよ。どうせ死罪だ」

寛平はじっと睨みつけるように、錦を見て答えた。

「でも、刑罰とこれとは違うわ」

「余計な話はいいから、さっさとやれよ」

吐き捨てるように言って、今度は璋庵に向かって、乱暴な口調になった。

「死ぬのは怖くねえ。明日が今日になったところで、たいして変わらねえしよ」

今度は、高野が険しい声で、寛平の前に立った。

「おまえが大人なら、罪が決まれば即日、打ち首になっていたところだ。こうして長らえているのは、まだ十五にならぬゆえだということは、承知しておろう」

今なら、犯罪に対する弁別能力がないから犯罪行為にはならぬとの判断から責任が回避される。が、当時の感覚では、犯罪を犯した子供に、大人と同じ刑を科すのは残酷である――という社会風潮に従った仕置きだった。子供に対しては同情的だったのである。

それゆえ、病根を植えて免疫力を作るという〝科学的〟な医療行為ですら、残酷に感じたのだ。それでも、高野は厳しい態度で、

「よいか、寛平。おまえの言うとおり、どう足掻いても、来月には、江戸に戻されて処刑される」

「一々、うるせえな。分かってるよ」

「二親は江戸にいるが、おまえを預かるには相応しくない者たちなので、遠縁に当たる村の名主、権之助預かりとなった。おまえにとっても幸いなことだった。きちんと反省をして、心を入れ替えて刑を受けることができるのだからな。それが、殺された者への供養というものだ」

「知るか、そんなこと」

「しかも、おまえの体が、この村や江戸の人々の役にも立つのだ。喜ぶべきことで

はないか。おまえは人を殺めた悪人に過ぎぬが、疱瘡が流行りそうなお陰で、世の中の恩人になれるかもしれないのだ」

「どうでもいいから、好きにしろよ。おいらにはどうせ、何が何だか分からねえしよ」

ふて腐れているが、どこまで本気なのかは、錦には汲み取ることができなかった。ただ、高野の言った二親の話が気になった。

「あの、高野さん……」

錦は、寛平の顔を見ながら訊いた。

「この子の親に、何か問題でもあるのですか。自分の子を預かれないような」

錦が尋ねると、高野はすぐに答えた。

「そうです。北町奉行所の吟味方与力・藤堂逸馬様からの添え状では、父親の五十蔵《いそぞう》は博打の咎で、繰り返し小伝馬町牢屋敷に送られており、母親のお紺《こん》は病がちで、こんな悪ガキの面倒は見ることができない状況でね」

「だから、遠縁にあたるこの村の名主が預かったのですか」

「ええ。疱瘡が流行ったのは、寛平が来てから後のことだから、こいつが撒き散らしたんじゃないかと、あらぬ噂も流れた。それはあまりにも酷い勘ぐりだと、私も村人を諫めたが、病が広がったのは事実。不安もあるだろうから、村人からは少し離れさせておいたのだ」

そう言いながらも、高野は村人と余計な争いが起きることを懸念したのが本音であろうと、錦は思った。

罪人とはいえ子供である。死罪が決まっていても矯正をさせるために、坊主や神主、手習い所の師匠などから、人としての教えを学ばせる。決して、ほったらかしにしているわけではないであろうに、寛平の様子を見たところ、乱暴者のままだった。

「出家をさせ、僧籍に入った子には、寺院の後ろ盾もあるので、刑もされないと聞いたことがありますが」

錦が反論をしたのが、高野は気に入らなかったのか、わずかに語気を強めて、

「こいつは、子供といってももう十五歳だ。頭は大人顔負けなほど小賢しくて、随分と人々に迷惑をかけてきたらしい。いずれ人を殺めるだろうってことは、周りの者たちは心配していた」

「……」

「六つ七つの子ならまだしも、十二歳で商家に奉公している者は幾らでもいる。それに比べたら立派な大人ですよ……この年齢ならば死罪にならずに済む。そう踏んで、罪を犯したのではないかとさえ思えるくらいだ」

高野はよほど寛平のことが嫌いなのか、当人を目の前にして、乱暴な口調で言った。それでも、錦は諌めるように、

「死罪と決まった者だからといって、命を粗末にするべきではありません。あなたは我が子に、訳の分からない膿を植えることができますか？」

「なんと……！」

「できないでしょう。自分の子にできないことを、たとえ罪を犯した子であろうと、するべきではありません」

「──何をしに来たのだ、この女医者はッ」

高野は初対面のときの穏やかな印象とは違い、少し横柄な態度になってきた。錦もまだ若いから、逆らいがちな目つきになった。

「ふたりとも落ち着いて下さい……」

止めに入ったのは、公琳だった。錦の父親や璋庵と同様、元は侍だからか、どこか風格があり、事あらば腕ずくでも止めるという姿勢を見せた。

「医は仁術と言います。私はただただ病の人々を救いたいだけです。そして、此度のことでは、子供が必要だ。種痘の苗を植えるのは、本当はもっと小さな子の方がよいのかもしれませんが、こうして寛平が我が身を差し出しているのですから、理由はどうであれ、重く受け止めたいと思います」

「私もそのつもりだがね」

高野は憤懣やるかたない顔で、錦の方をちらりと見た。そして、

「とにかく、私は村人や宿場の人々を助けるのが務めだ。そのためには最善を尽くす。八田先生はまだお若いお医者様だから、綺麗事を話したいのかもしれないが、現実は厳しいのですぞ」

と語気を強めた。

錦の人柄をよく知っている璋庵は、何か言い返そうとしたが、錦は制して、

「高野様のおっしゃるとおりです。よく肝に銘じておきますね」

そう頷いて、美しい微笑みを返した。高野はフンと口元を歪め、

「そうやって美貌を鼻に掛けている。私に色香は通じませぬ。医者としてどこまで出来るか、楽しみにしてますよ」

と嫌味たらしく言った。

三

種痘の苗は〝発芽〟してから数日しか持たない。その間に患者に移さなければ、まったく効き目がないのだ。

御殿山村の者たちには施したものの、治癒したかどうかは、少なくとも二、三日、様子を見なければならない。その間のことは、公琳に任せてきた。小さな子供には強い反応があるかもしれないからである。

江戸へはすぐにでも戻れるだろうが、寛平のものが万が一、効かないことに備えておかねばならぬ。だから、やはり危険を承知で、錦は自分の体にも種痘の苗を植えた。まだ若いから、璋庵よりもきちんと培養されるであろうと考え、患者に打つことができるようにしておいた。

だが、大雨になって仕方なく目黒川沿いの小さな旅籠で休むことにした。肝心の寛平の体が弱ってしまえば、元も子もないからである。

「こういうときに……憎らしい雨だこと」

いつになく錦は、誰にともなく愚痴を洩らした。自分は晴れ女のつもりだったが、腹が立ってきた。こうしている間にも、疱瘡の患者が増えるかもしれないという心配があったからである。

璋庵はずっと寛平の様子を見ていた。熱は出ていないから大丈夫だと思うが、元々表情が硬いせいか、判断が難しい。

「胸が苦しいとか腹が痛いとか、どこか痛いところが出てきてないか。ちょっとしたことでも、変だなと感じたら言えよ」

「ずっと変だよ」

「どういうふうにだ」

「ガキの頃から、ずっと頭が痛えんだ。耳の奥と目玉の奥がね。いつも痛いから、それが当たり前だったけど、田舎の静かな所に住んだら、余計にガンガン感じてよ」

「──ちょっと見せてみなさい」

錦の方が寛平に近づいて、目や耳などを丁寧に検診すると、

「薬剤を使ってみないと詳しいことは分からないけれど、目の神経や耳の鼓膜や骨に異常があるのかもしれないわね」

心配そうに見やる錦に、璋庵も小さく頷いてから、

「もしかして寛平……おまえ、親父に殴られていたんじゃねえのか？」

と訊いた。すると、寛平はすぐさま、

「いや。殴ってたのは、おふくろの方だよ」

当たり前のように答えた。

「おふくろさんが？」

「ああ。後添えってやつだよ。俺はおふくろの連れ子だから、親父は何かと俺に辛く当たってたからよ」

「だったら、親父の方が……」

「怖い奴だったからよ、親父は遊び人でさ。俺が気に食わないことをすると、すぐに殴りかかろうとする。だから、その前に、おふくろの方が殴ってたんだ。板や棒

っきれで叩かれたこともある」

「酷いことをするな」

「まあ、それが、おふくろなりの庇い方だったんだろう。本気で親父が殴ると、こっちが死んじまうから」

「ガキの割には、随分と気が廻るんだな。おまえを思う母親の気持ちをよく知っていたというわけか」

璋庵が感心したように言うと、

「そんな上等なもんじゃねえや。機嫌が悪いと自分もぶたれるから、親父よりも先に手を出しただけだろうよ」

と寛平はさらりと言ってのけたが、実の母親に叩かれる心の内側は、さぞや辛かったであろうと錦は思った。

「親父は賭博ばかりして牢送りになっていたそうだが、どうやって暮らしてたんだ」

璋庵が訊くと、意外にも素直に寛平は身の上話を続けた。

「はは……人のものを盗んだり、脅した金で食ってたよ。うちの親父は、人の弱みにつけ込むのが上手かったからよ。でも、親父はいつも言ってたぜ」

「なんて……」

「人ってなあ、真面目な顔をしてる奴に限って、大抵、裏じゃろくでもねえことをやってる。それを見抜くのは簡単なんだってさ」

「人の心が分かるってことか」

「そうじゃねえ。こうやって……」

寛平は少し強面になって、声色も父親の真似をしているのであろう、野太く強めて、

「――『あのことは黙っててやるから、金を出しな』……そう言うんだ。疚しいことをしている奴は必ず、いかほどで……と返ってくるんだってよ」

「なるほど」

「こっちは何も知らないのによ、相手は勝手にびびって金を出すんだ。同じ奴を二度三度、脅すうちに、てめえの方から、自分がしてる悪さをバラす奴もいる。そしたら、脅す金もどんどん増えるんだ。店の売り上げをごまかしたり、借りた金を踏み倒したり、人に言えない女を囲ったり……ろくでもねえ大人が多いってことを、

よ」

「そうだよ。てことで、あんたたちに何を説教されたとしても、一切、聞かねえよ」

「だから、大人は信じられないと？」

「よく学んだよ」

寛平は鼻で笑って、ふたりの顔を舐めるように見た。

錦はまじまじと見つめ返して、

「でも、こうして素直に、疱瘡の苗を植えたじゃないの」

「俺が死にたくねえからだよ」

さっきは、いつ死んでもいいようなことを言っていたが、腹の底では別のことを考えていたということか。わずかに意地悪そうな目になった寛平は、またふたりの顔を見比べながら、

「体の中に病原をやっつけるものができて、疱瘡になることはないんだろ？　中西公琳先生からもそう説得された」

「……」

「他の子にもやりたかったようだが、親がてめえの子を犠牲にしたいわけがねえ。

でも、俺なら誰も悲しまねえしよ。だから……」

何か言いかけて止めた寛平に、璋庵がズケズケと訊いた。

「後しばらくしたら処刑されると分かっていても、やはり生きたいか」

「当たり前じゃねえか、馬鹿」

「だったら、あの村に連れて行かれたとき、逃げることもできたんじゃないの？」

錦がじっと見据えて訊くと、寛平は思わず目を逸らして、

「そんなことして見つかったら、その場で殺されるかもしれねえし……おふくろだって、只じゃ済まねえだろう」

「お母さんのことを案じているのね。本当はいい子なのね」

「さあ、どうだかねえ」

鼻白んだように言う寛平に、錦は話を変えて、

「あなたが押し込みをしたのは、神田の両替商と聞いていますが、どうして、そこに？」

「え……？」

寛平は意外な質問にキョトンとなった。

「なぜ、その両替商を狙ったのか、ちょっと気になったのでね。私は番所医をしているので……番所医って分かる？……お奉行所内の話はよく耳にするのよ」

「……」

「悪いことをする人って、必ず理由があって、盗みをしたとしても、どうしてそこに入ったか、その人なりの訳があるの。もし、無差別に人殺しをしたとしても、どうしてそんなことをしたのか、原因はあるのよ」

「——知らねえよ……俺はただ、そこに金が沢山あると思っただけだ」

「なんていうお店《たな》だ。江戸に帰って調べれば、すぐに分かることだけど」

と今度は璋庵が訊いた。寛平は事情をよく知っているのか、すぐに答えた。

「両替商ってほどのもんじゃねえや。ただの高利貸しだ。〝人食いの竜造《たつぞう》〟って綽名のある恐ろしい奴だ」

「そんなに怖いのか」

「本当にてめえが殺した人の肉を食うような、とんでもない奴で、そいつにだけは親父もぶるぶる震えてたな」

「親父の知り合いなのか？」

「──あ、いや……知り合いってほどじゃねえけどよ」

困惑したように誤魔化した寛平の横顔を見て、錦は妙だなと感じた。金欲しさに押し込みをするならば、顔を知られていない店を狙うのではないかと思ったのだ。

「もしかして……」

また錦が興味ありげに訊いた。

「あなたの義理のお父さんとその竜造の間に何か揉め事でもあったの？」

「さあ、知らないね」

「高野さんから、ちらっと聞いたけれど、あなたは小さい頃から、お父さんに命じられて盗みや騙りを働いていたらしいわね」

「だから、なんだよ。さっきも言っただろ。そういう奴に育てられたってよ」

「だったら、押し入ったのはたまさかのことではないわよね」

錦の顔つきがまるで同心のようになって、

「本当はお父さんが押し込んで、竜造を殺した。だけど捕まれば、すぐに処刑される。なので、あなたが身代わりになった」

「……」

「そうじゃないの？　近頃、そういう手合いが多いと、知り合いの同心の佐々木さんという人からも聞いたことがあるのよ。刑を免れるために、十五歳よりも小さな自分の子供のせいにしてしまう、どうしようもない馬鹿親がいるって」

「……違うよ。俺がやったんだよ」

「本当に？」

「あんな親父がやってたとしたら、庇ったりするもんか。死罪になりゃいい。そしたら、俺も殴られずに済まあ」

本当か嘘かは、錦たちにも分からなかったが、そのときである。

廊下を踏み鳴らす複数の足音がしたかと思うと、いきなり数人の浪人者が乗り込んできた。いずれも黒覆面をして顔を隠している。

「おまえら、誰だッ」

思わず立ち上がった璋庵に、浪人たちはすでに抜いている刀を振りかざして斬り込んできた。元武士の璋庵も剣術は心得ている。とっさに避けて相手の襟首を摑むと引き倒した。

「待て。人違いではないのか。俺たちは……」

璋庵が言うのを無視して、黒覆面たちは問答無用に斬りかかってきた。相手が誰かを承知をしているのであろう。

錦も道中脇差を抜き払うと、小太刀の技で相手の肘を打ち、覆面を切り裂いた。

バサッ——頭目格らしい浪人の凶悪な顔が露わになった。

浪人は思わず手で隠しながら、

「引け、引けい！」

と叫んで、手下たちを退散させた。刀の切っ先で牽制しながら、頭目格が後退りして逃げようとすると、

「待て！　貴様ら、何者だ！」

と璋庵が追いかけて廊下に出るが、膝から崩れて倒れた。

足袋が鮮血で真っ赤に染まっている。

「どうしました、璋庵先生」

錦が近づこうとすると、璋庵は「来てはならぬッ」と声をかけて、必死に痛みに耐えて立ち上がった。

「撒き菱がある……不覚だ……どうして、俺たちが……」

璋庵の声は掠れていた。

「申し訳ありません。私も油断しておりました」

「錦先生のせいではない……近頃、小石川養生所にも妙な輩がちらほら……もしかしたら、狙いは……」

寛平かもしれないと思ったが、璋庵は言葉を呑み込んだ。その袴を捲ると、足の裏が真っ赤で、傷で抉《えぐ》れている。錦はすぐに手当てをしたが、璋庵は掠り傷だと言った。

「錦さん……万が一、私に何かあっても、この子だけは、小石川養生所の藪坂甚内《やぶさかじんない》先生に……藪坂先生なら、私の方法も熟知されているので……」

「種痘の苗を絶やさぬためにですね」

「この寛平の苗を広めれば、疱瘡には罹らぬ……でないと、多くの者が犠牲になるかもしれない……」

「万が一などと不吉なことは言わず、私に任せて下さい」

傷口を自分で縛ろうとする璋庵の手が緩んだ。錦は介添えしていたが、寛平は突然の出来事の恐怖に打ち震えながら、真っ青な顔で突っ立っていた。

四

小石川養生所は、享保年間に町医者の小川笙船《おがわしようせん》の目安箱への意見を採り上げた八代将軍吉宗が、小石川御薬園内に作ったものだ。主に貧しい者たちの疾病を診る公の療養所であった。

四万五千坪の薬草園には、あらゆる薬草が育てられており、養生所には、小普請医師がふたりと見習い医師が数人、それに看病中間、賄中間、女看病人らが詰めていた。さらに、養生所見廻り与力や同心が、経理や物品の管理などの日常業務をしていた。

診療所の肝煎りは小川笙船の子孫が代々就任してきたが、養生所の運営は多くの長崎帰りの医師によって担われてきた。疱瘡の研究も行い、これまでもその苗を施してきた実績はある。

というのも、日本は島国ではあるが、難破船などが漂着することによって、多くの浜辺の村々で、異国からの病原菌がもたらされることがあった。ましてや天保の世の中は、異国船が沢山押し寄せてきており、抜け荷などを行う者たちが介在して、病原菌を広めたのも否めない。実際にそういう例はあった。

だが仮に感染すれば、罹患者から病原菌と闘う〝抗体〟を得ることができる。その経験と知識を使って、蘭方に詳しい璋庵のような医者が、自らの体を犠牲にしてまで病根を絶とうと尽力していた。

もっとも、疱瘡や赤痢のような病根は絶つことはできない。それゆえ、病気に耐える体に変えることを狙っていたのだ。

「日に日に患者が増えているのが心配だ。璋庵……おまえたちがやろうとしている施術は、まこと効き目があるのか」

藪坂甚内とて理屈は承知しているが、不安を隠しきれずにいた。璋庵は苗の効果を確信しているものの、

「楽観はできぬな。万が一、罹患すれば快復は難しい。だからこそ疱瘡の苗を植えて防ぐしかないのだが……」

と藪坂は、控えている若い医師たちに語った。

「この養生所は貧しい者ばかりが集まっている。身寄りのない者を看病する中間に

頼っており、必ずしも病に対して万全とは限らぬ。何としても、此度の病が広がることだけは避けたいのだ」

「はい。私たちも同じ思いでございます」

若い医師のひとりが言った。

「でも、ご公儀からの援助は八百両程。もう少し出して下されば、薬草では治らぬ病を詳しく究めることができると思うのですが」

「うむ。そのとおりだ。私からも遠山様にご進言してみよう。それにしても……先触れの飛脚によると、璋庵が疱瘡の苗を植えた子供を連れて来るのは、今日の昼頃のはずだが、夕刻になっても帰って来ぬ。途中で何かあったのかな」

さらに不安な顔になった甚内が言うと、別の若い医師が答えた。

「川の増水で橋が壊れたらしいので、遠廻りでもしたのでしょう。効き目があるのは植えてから三日から数日以内ですから、まだ多少の余裕はあります。それに私も、ここの疱瘡小屋に担ぎ込まれた患者の膿などから、苗を培養しているところです」

「頑張ってくれ……とにかく、璋庵が一刻も早く帰って来るのを祈っていよう」

藪坂と若い医師らが頷きあったとき、女の看病人が廊下を駆けてきて、

「先生。女部屋に嘔吐や下痢を繰り返す患者がおります。熱も俄に高くなりまして、朦朧となってますので、もしや……」

二月ばかり前から入っている中年女の患者が、疱瘡に罹った疑いがあると伝えた。すぐさま女部屋に向かう藪坂の脳裏に、かつて疱瘡が広がった上総の村々の悲惨な情景が浮かんできた。

藪坂は大きく首を横に振って、

「――いや、この江戸では決してあってはならぬ……手の付けられぬことになる……他の部屋の中間や役掛にも命じて、少しでも熱がある者たちを養生所に集めておきなさい」

と女看病人に命じながら、急いだ。

養生所内には、北部屋、中部屋、新部屋、九尺部屋という男の患者がいる所と、女部屋があり、それぞれに二名の看病中間がついていた。加えて、〝役掛〟という古株の入所者が手伝いをすることになっている。

看病人には、年に一両二分ほどしか報酬がないので、非常に過酷な仕事だった。だが、診療所内の余った食べ物を転売したり、米や着物、墨、油などの支給を受けていたので、実質は十両から十数両の収入があった。とはいえ、それは正式な報酬ではないから、常に不安定なものである。そんな状況でも、看病人たちが身を粉にして働くには、ひとえに病をなくしたいという養生所医師に共感しているからだった。

賄中間は五人いて、薬草なども加味した滋養のある三度の食事を入所者に提供していた。他にも、膏薬番や中大屋《なかおおや》、東西番など、香の物や茶を売る〝薬掛〟なども いて、患者の日頃の暮らしが支えられていたものの、充分とは言えなかった。看病人たちも罹患することがあり得るから、なり手も少なかった。

それこそ設立当初は、薬草の〝人体実験〟に使われるとの悪い噂も流れて、病になっても入所すらためらう者も多かった。だが、長年の実績によって、悪い噂は消えた。とはいえ、疱瘡などの恐ろしい病に罹った者が隔離されているとなれば、ちょっとした病であっても、世間には大袈裟に伝わる。医師たちにとっても、それが悩みの種だった。

「様子はどうだね……」

藪坂が中年の女患者を検診してみると、疱瘡によるものではなく、滋養不足による体力の低下と食中《しょくあた》りのようだった。藪坂は一安心したものの、本当は疱瘡ではないかと、女患者自身が騒ぎ始めた。

「大丈夫だよ……疱瘡は体中に発疹が出るからな。あなたはそうじゃない」

「でも、先生。私はもう年ですから、別の病だとしても、そう長く生きられない。この体を役に立てて下さいませんか」

「体を……どういうことですか？」

「若い先生方が話してました。薬の効き目を調べたり、腑分け、それこそ疱瘡や赤痢に罹らないようにするためには、生身の人間が要ると聞いたことがあります。でも死んじゃったら役に立たない。だから、生きているうちに、私の体で色々なことを試して下さいまし」

「世のため人のためという、あなたの思いは嬉しいことだが、治る見込みのある患者さんで試すわけにはいきませんよ」

「藪坂先生……」

「心配せずとも必ずよくなります。あなたは元々、胃腸が悪くて養生所に来たのですから、きちんと治しましょう。しっかりと気を持って、一緒に頑張りましょう」

励ます藪坂の言葉に、女患者は嬉しそうに頷いたものの、どことなく不安を隠しきれない様子だった。本当は悪い出来物があって、余命幾ばくもない患者であることは、藪坂は承知している。本人には内緒にして励ましているのだ。

「ありがとう、先生……でも、もし死にかかったら、遠慮なく私の体を使って下さいね。小石川養生所がもっとよい医術を施せるようになるために、ね」

藪坂は小さく頷いてから、薬草を煎じて飲ませて、静養しているようにと命じた。女看病人たちも努めて見守ることにした。

「それにしても……」

早く種痘の苗が届かないと、病で体が弱っている人への感染が心配だと、藪坂はひしひしと感じていた。

五

錦と寛平は、目黒川の増水で足止めになっていたが、なんとか渡し船で渡り、少しでも早く江戸に着くように急いでいた。

足に怪我を負った璋庵は宿に逗留させ、護衛を番小屋に頼んでおいた。またぞろ妙な浪人が襲って来るのを警戒してのことだ。錦は璋庵の身の上を案じていたが、多くの人々の待つ江戸に急いだ。それは璋庵の望みでもあった。

高輪の大木戸の手前だった。雨になったり雪になったり体に厳しい状況だったが、すぐそこは江戸である。後ひと息だった。

「頑張って、寛平……あなたを待っている人々が大勢いるのですからね」

「俺じゃねえだろう。種痘の苗だろう」

寛平は自分の腕を叩いた。

「そうよ。でも、あなたもそれを望んで、璋庵先生から施しを受けたのでしょ。辛いでしょうけど頑張って」

「親父の言うとおり、やっぱり人は自分勝手だ」

文句を垂れながらも、足を引きずるように先へ進んだ。

もう少しで高輪の大木戸という所で、街道脇にある雑木林から、黒覆面の浪人の一団が現れた。目黒川の旅籠で襲ってきた者たちであろう。ということは、

——狙いは璋庵先生ではなく、やはり寛平の方だったのね……。

と錦は察した。寛平を庇って立つと、

「なぜ、この寛平を狙うのです。どういう子か、知ってのことですか」

「今度はしくじらぬぞ。覚悟せい」

くぐもった声で言った頭目格は、素早く抜刀するや錦に斬りかかった。錦も道中脇差を抜いて応戦した。だが、さらに数が増えて、どっと押し寄せてきた。多勢に無勢、寛平を守ることすら危うかった。

そのとき、大木戸の方から駆けて来る清野真太郎の姿が見えた。

「待て、待て！」

駆けつけてきながら刀を抜き払った真太郎は、よほど鍛錬していたのか、見事な太刀捌きで敵を牽制し、

「先生。女ひとりであんまりだ。璋庵先生はいないのですか」

「真太郎さん、あなたどうして……」

「そんな話は後だ」

ふたりして、襲ってくる黒覆面の浪人たちの刀を弾き返していると、目の前で繰り広げられていることが恐くなったのか、寛平が逃げ出した。しかも大木戸ではな

く、反対の雑木林の方にである。気づいた錦は、

「寛平！　何処行くの。離れちゃ駄目！」

と声をかけたが、浪人たちが一斉に取り囲んだ。それを擦り抜けた真太郎は、

「あいつのことは俺が」

そう言って駆け出すと、寛平を追いかけた。

すると、また別の浪人たちが現れて、寛平を担ぎ上げると、さらに街道外れの寺の方へ逃げ出した。

「待てえ！」

真太郎は追いかけて、また降り始めた雪の向こうに消えた。

錦もすぐさま追いかけようとしたが、覆面の浪人たちは堅牢な壁のように取り囲んだまま刀の切っ先を付きつけてきた。一歩たりとも動けない錦に、頭目格はニンマリと笑って、

「命だけは助けてやる。男勝りもよいが、あまり余計なことに首を突っ込まぬ方がよいぞ、〝はちきん先生〟とやら」

そう言うと翻って駆けだした。手下たちも一斉に刀を引いて、あっという間に逃

げた。あまりの引き際のよさに、錦自身が戸惑うほどだった。

大木戸の役人たちも異変に気づいて、「おい、待てッ！」と駆けつけてきたが遅きに失した。追いかけようとした錦だが、もはや寛平の姿は消えてしまっていた。

それでも錦は、浪人たちが逃げた古い寺の方に向かった。その参道の石段を上って山門を抜けて境内に入ったが、そこにも誰もいなかった。

「どういうこと……もしかして……⁉」

松風が騒いだとき、傘をさした人影が近づいてきた。錦が思わず振り返ると、『淡路屋』幸右衛門だった。薬種問屋の隠居で、辻井とは今でも何か江戸に異変があれば関わっている節がある。錦から見れば頼もしいというよりは、少々、不気味な存在でもあった。

「ご無事でよかった。何かあったら、辻井様に大目玉を食らいますからな。もちろん、先生の亡きお父上からも」

「こんな天気の中、ご隠居もわざわざ高輪くんだりまで……」

「どうやら町方の方も、一連のことで動いているようでしてな。だから、臨時廻りの清野真太郎さんも……」

「一連のこととはなんでしょう」

「先生は小石川養生所の隔離部屋の患者のことばかりを考えているようですが、病は町人だけを襲うものではありませんでしょ。武家だろうと僧侶だろうと隔てはありません」

「それはそうですが……」

「とにかく番小屋に参りましょう」

幸右衛門は錦に傘をさしかけて、大木戸の番小屋に案内した。すでに番人には、「大事な疱瘡の苗を江戸に持ち帰る」との話がついているようで、江戸薬種問屋組合の肝煎りだった幸右衛門のことを、役人たちは承知していた。

濡れた着物を拭き、火鉢の側で暖を取りながら茶を飲んでいる錦に、幸右衛門はおもむろに話しかけた。

「言わずもがなですが、種痘の苗を培養するのは、江戸の町中では危ういことです。だから、人里離れたところでやっているのですが、中西公琳という元浪人の村医が、それを悪用しようとする疑いがあるのです」

「中西公琳……私も会いましたよ。寛平に苗を植えるのを説得した人のひとりです。

それが悪用とは、どういうことです」

錦には幸右衛門の言っている意味が分からないと首を傾げた。

幸右衛門は薬種問屋らしく冷静に話した。

「ご存じのとおり、江戸でも数は少ないものの疱瘡患者が見つかりましたね。ところが、高輪大木戸から一里も離れていない御殿山村では、被害が広がった。だから璋庵先生とともに、種痘の苗を作るために赴いたのですよね」

「ええ……」

「たしかに飛び火のように移ることもあるが、御殿山村で異様な勢いで病に罹った者が増えたこと自体が不思議だとは思いませんか」

「ええ……でも、璋庵先生の話では、江戸からではなく、おそらく東海道を遊楽する旅人によって菌が運ばれたのでは、と……」

「まあ聞いて下さい。藪坂先生の話によると、中西は何度も小石川養生所に足を運んで、璋庵先生の指導のもとで、種痘の苗の培養の仕方を学んでいたといいます」

幸右衛門が中西と呼び捨てにしたのが、錦は気になったが、

「それについては、私も聞きましたが……公琳先生が教えを請うて何の不思議があ

るのです。私も一度会っただけですが、誠実そうな方で……」

と言いかけて、何かに感づいたように目をきらりと光らせた。

「もしかしたら……浪人をし向けたのは公琳先生で、寛平をさらったとでも？」

「だと思います」

「なぜ、そんなことを」

「中西は、小石川養生所から〝苗床〟をこっそり持ち出して、御殿山村で密かに培養するために、村人を使っていた節があるのです。新薬の効き目を試すと嘘をついて」

「まさか……」

俄に不安が込み上げてくる錦に、幸右衛門は頷き、

「もうお祭しでしょうが、中西のせいで御殿山村の人々に疱瘡が広がったに違いないのです。もっとも中西が望んでいたことではないでしょうが、思いの外、大きな被害が出てしまったのかもしれない」

「そんな……」

「江戸に疱瘡を広めてはならぬというのは、私も錦先生と同じ気持ちです。何とし

ても、寛平を連れ戻さねばならないでしょうが、中西のことも、きちんと御定法でもって始末しなければなりますまい……もしも、わざと病原菌を撒いたとしたら、重い罪です」

険しい表情を浮かべる幸右衛門に、錦は苦々しく、

「先程から、中西と呼び捨てにしていますが、一体どういう人なのです、公琳先生は……」

「いずれ分かると思いますが、金のためなら、なんでもやります」

意味深長な言い草の幸右衛門こそ怪しげだと、錦は感じていた。寛平のことがますます心配になった。

寛平を攫《さら》った浪人たちは、脇道を品川の方に戻り、さらに多摩川を渡り相模国に向かうつもりだった。途中、待ち合わせていた公琳が寛平を引き取り、見張り役として、浪人のうちふたりだけが同行した。

公琳はしっかりと寛平の手を握り締めていた。疲れ切っていた寛平は、大声を上げる気すら萎えていた。

「……もう無理だ……歩けねえよ」

情けない顔でしゃがみ込んだ寛平の腕を、公琳は引っ張り上げ、

「もはや、おまえひとりの体ではないのだ。大勢の人々が待っているのだぞ。見ろ」

公琳が行く手を指すと、宵闇の中に集落があって、ずらりと軒提灯が並んでいる。まるで盆の祭礼のようだが、よく見ると、道教の神である鍾馗《しょうき》や鎮西八郎為朝《ためとも》、桃太郎などを描いた赤絵が一緒に掲げられている。これは、疱瘡除けのまじないだ。

赤絵によるまじないは決して笑い事ではない。増上寺の高僧ですら、「南無阿弥陀仏」と記した護符で厄災から逃れようとしたほどである。疱瘡人形を作って祀ったり、患者は赤い頭巾を被るなど、これに類した〝魔除け〟は沢山あった。疱瘡を荒神扱いして、霊力で撃退しようと考えていたのである。

だが、そんなもので治癒しないことは、公琳ら医者だけではなく、多くの人々も察しており、特効薬を欲していたのである。少なくとも種痘の苗によって罹患を防ぐことができると、公琳は大いに期待していた。

「大勢の人って……俺は小石川養生所に行くんじゃないのかよ」

寛平は何処へ連れて行かれるのか不安だったが、「江戸は後廻しだ」と公琳はあ

っさりと答えた。疱瘡で命が危うい人々は江戸だけではなく、武蔵国や相模国、上総国をはじめ諸国にいる。

「分かるか。おまえは、それらの人々をも救わねばならぬのだ」

「ま、待ってくれよ……江戸に帰れると思ったから、種痘の苗ってのを植えたんだ」

「江戸に帰って何をするというのだ。母親の乳でも恋しくなったか」

「バカ言うねえ。人助けだよ」

「だったら、江戸でなくてもよかろう。実はな、小田原藩のお殿様が疱瘡に罹っており、一刻の猶予もならぬのだ」

「小田原藩……そんなの俺には関わりねえ」

「よいから来い」

肩が抜けそうになるくらい乱暴に手を引く公琳の顔は、まさに疱瘡除けの赤い魔神のようだった。

「俺はそんな知らねえ奴のために、てめえの体を差し出したんじゃねえや」

「どういうことだ」

「江戸には、おみなっていう幼馴染みがいて、親父がうちより酷え奴でよ、おみなは女郎屋に売り飛ばされたんだ。体が弱くてよ、よく町医者にかかっていたんだ」

「……」

「種痘の苗を植えてたら、病気には罹らないんだろう？　先に施してたら大丈夫なんだろう……三つの頃から水汲みや掃除をやらされて、いつも皹《あかぎれ》と霜焼けだらけでよ、おいらなんかよりずっとずっと可哀想な娘なんだ。だから……」

「気持ちは分かるが、火急の用件が先だ」

「そんな娘より、お殿様の方が大事だってのかい」

「当たり前のことを訊くな。それにお殿様は一刻を争うのだ。罹るか罹らないか分からぬ奴のことなど後でよかろう」

「嫌だッ、おみなを助けたいんだよ」

「黙れ。これ以上、面倒なことを言うと……」

公琳が憤然たる顔になって、腰の脇差に手をかけると、用心棒代わりの浪人ふたりも刀を抜き払った。だが、寛平は平然と、

「斬りたきゃ斬れよ。どうせ、俺は死ぬ身だ。けれど、俺がいなきゃ、そのお殿様

とやらも助からないんじゃないのかい」

「よく考えてみろ、寛平……おまえの体の種痘の苗は、他の子供の体に移して、そこからさらに、どんどん増やすこともできるかもしれない」

「え……？」

「ねずみ算のように増えていく。今はまだその術はないが、いつか必ずできるようになる。おまえはその大切な第一歩なのだ。頼む、寛平、人助けなのだ」

まるで泣き落としのように公琳が言ったとき、居丈夫な武芸者風の男がふたり、行く手から現れた。

「待ちかねたぞ、中西」

野太い声に顔を向けると、一瞬にして公琳の顔が凍りついた。

「お、おぬしたち……どうして、ここが」

「分かったのかと？」

武芸者の背の高い方が答えた。

「浪人たちを雇ってまで、小田原に行くとはどういう了見だ」

続けて、もうひとりの武芸者が言った。

「さよう。種痘の苗については、前々から、我らに渡すようにと言っていたはずだ。そのために、勉学研磨するための金も出していたはずだが」

公琳はふたりに向かって、

「藤田、曽我部……見逃してくれ。むろん、後で善処するつもりだ……」

と憐れを誘うような目を向けた。ふたりとは旧知のようだ。

「後では困る。小田原藩といえば、老中を輩出している家系だ。中西、おまえは小田原城主に恩を売って、御典医にでもなるつもりなのであろうが、元は俺たちと同じ潰れた小藩の藩士ではないか」

「……」

「さあ。そのガキは貰い受けていくぞ」

近づいてくる武芸者ふたりに、公琳は寛平を庇うように立つと鯉口を切った。同時に、随行していた浪人ふたりも、刀の切っ先を公琳に向けた。

「なんだ……おまえたち、まさか……！」

「そうだ。俺たちの味方だ」

藤田がほくそ笑むと、「待ってくれ」と公琳は座り込んで、

「頼む、藤田、曽我部……どうか、見逃してくれ……小田原藩の殿様を助ければ……多大な報酬が入る。そしたら、おまえたちにも十分なものを渡す。再仕官の道もあるぞ」

「要らぬ。こっちは江戸の薬種問屋『順玉堂《じゅんごくどう》』から相当な手当てを受けておるのでな。おまえのように二股をかけるほど、落ちぶれてはおらぬのだ。さあ、大人しく従え」

そんなやりとりを見ていた寛平は、踵を返して逃げ出した。その背中に向けて、とっさに藤田が小柄を投げた。

「うわっ——」

小柄が命中し、寛平はその場に崩れた。

公琳は思わず声を荒らげて、

「何をするッ。寛平が怪我をすれば、体の中の血道が変わって種痘の苗が壊れる。それくらいのこと分かっておるだろう！」

「黙れ。おまえが大人しく渡さないからだ」

「寛平……」

駆け寄ろうとした公琳に藤田は切っ先を向け、曽我部は浪人たちに命じ、寛平を連れて元来た道を戻り始めた。

「お、おい……やめろ……待て……」

公琳の抜刀しようとするその腕を、藤田はビシッと打ちつけてから、「命までは取らぬ」と吐き捨て、曽我部を追った。

そんな激しいやりとりを――。

近くの木陰から、真太郎が見ており、藤田と曽我部が連れ去った寛平を尾けた。

六

薬種問屋『順玉堂』は、神田佐久間町本町通りに面してあった。幾つかの大名や旗本の御用達であり、『淡路屋』とも代々のつきあいがあった。

当主は四十半ばで商人として脂の乗った安左衛門《あんざえもん》という。店構えからしてもかなり裕福であるから、金には汚いという噂もあったが、それは同業者のやっかみであろうか。

店の表には、風邪で咳き込んでいる者や胸を患っている者、滋養不足で元気のない者たちが列を成している。手代が次々と申し立てを受けて、薬師《くすし》が調合をしているが、中でも最も多い注文は、「疱瘡に効く薬」であった。

安左衛門が薬を求めてくる人々に対し、ひとりひとり丁寧に応対していた。

「疱瘡や赤痢に対しては、これぞという特効薬はありません。しかし、私どもは、上様がお出しになった御触書に従って、色々と研鑽した薬でお役に立てております」

この御触書とは、幕府が諸藩に通達し示した薬の処方であるが、『順玉堂』は独自の方法で薬を作っていた。

「――大粒の大豆をよく煎《い》って、甘草を煎《せん》じたもの。これに茗荷の根と葉を搗《つ》いて出た汁を混ぜます。こちらは、牛蒡の砕いたものに桑の実を炙って混ぜ、煎じたもの。食物に中ったときには、苦参《くじん》や小麦粉、葱などを煎ったのを湯に溶かして飲んだり、菌に冒されたときには、忍冬《すいかずら》の葉の汁を飲めばよいです……もちろん、私どもの店に代々、伝わっている秘伝の薬方を加味することで、効き目をよくしておりますので、ご安心下さい」

安左衛門にじっくりと話されると、藁にもすがりたい気持ちの人々は、一様に安堵したように穏やかな顔になった。

「ですが、気をつけて下され。江戸では流行っておりませぬが、すぐ近くの御殿山村や相模国のあちこちでは、疱瘡に罹った者がかなりおります。小石川養生所にもわずかですが、隔離されておるとか……疱瘡の菌は、いくら口を塞いでも、風のように飛んできて、知らぬ間に人の体に入り込みますからな」

「では私たちは、どうすればよいのです。うちには小さな子が五人もいます。予め防ぐことは出来ないのですか」

母親らしき女が縋るように訊いた。安左衛門は同情をしながらも、

「とにかく今は、私が煎じた薬で凌《しの》いで下され。近いうちに必ず、子供はもとより、年寄りにも効く薬ができますからな」

「私たちにもそれを……」

「ええ。何とか、お分けできるように精一杯、努めたいと思います」

丁重に安左衛門が言ったとき、行列の後ろの方から突然、

「嘘をつけ！　そんな夢みたいな薬は、ありはしないぞ！」

と乱暴に言う声が起こった。

並んでいた人々が振り返ると、そこに立っていたのは、なんと璋庵だった。小石川養生所の医者であることを知るものは、ほとんどいなかった。ただ、総髪やいでたちを見て、医者であることは分かった。

「順玉堂。そんな夢のような薬ができたあかつきには分けて貰いたい。うちには、明日をも知れぬ命の者がいるのでな」

「これは、松本璋庵先生……小石川養生所ならば、私どもなんぞに頼らなくとも、何万坪もの薬草園があって、より良い薬が有り余っているのではありませんか？」

「幕府の御典医が寄ってたかっても、疱瘡に効く薬なんぞはできぬ」

「手前どもは、上様お達しの処方に、創意工夫を加えて作っているだけでございます」

「だが、豪商や大名などには、安左衛門……あんたが作った薬が、法外な高値で売られているらしいではないか」

店に踏み込んできた璋庵は、安左衛門と向かい合った。

「絶対に疱瘡には罹らない薬が五十両、百両らしいが、一体、どのようなものか、是非、見せて貰いたい」

「それは我が順玉堂の秘伝ですので」

「菓子や漬け物の話じゃないのだ。人の生き死にが関わっているのだから、その秘伝とやらを公にして、万人が助かるようにするのが薬種問屋の務めではないのか」

激しく詰め寄る璋庵に、並んでいた人々は共感を覚えたのか、ざわめき始めた。

小石川養生所は貧しくて医者にかかれない者が入る施設ゆえ、「医は仁術」を実践していると思われていた。その医者が、江戸で屈指の薬種問屋を相手に、まるであらぬ金儲けをしているとでも言いたげなのだ。

「百両って、本当のことですか」「何にでも効くのですか」「疱瘡にも罹らないのですか」「そんな薬が、この世にあるのですか」「金さえ積めば手に入るのですか」

などと次々と問いかけてくる人々に、璋庵は首を振って、

「それは、まやかしだ。あるならば、さあ、ここへ出してみなさい」

と威嚇するように、安左衛門を睨んだ。

「――困りましたな……」

安左衛門の方は、相手にせぬとばかりに冷笑を浮かべて、

「璋庵先生、一体、何を言いたいのです。私は医者でもなければ、神仏でもない。ただの薬屋でございます。薬屋というものは、病に罹った人が治ろうとする力を、微力ながら助けているだけです」

「殊勝な顔をしても無駄だ。その顔には、濡れ手で粟の金儲けとしか書かれておらぬ。出鱈目もほどほどにしろ」

「……」

「それとも、百両払えば、本当に疱瘡に効く薬があるなら、耳を揃えて出すから、一服貰い受けようではないか」

「ご冗談を……先生。誰に何を吹聴されたのか知りませんが、私はそんな大金を戴いて薬を売ったことなどありません」

璋庵が反論しそうになるが、言い重ねるように、

「よしんば、大金で買った人がいると言っても、うちではない薬屋から買っているのでしょう。そりゃ、命と引き替えとなれば、金にものを言わせる人がいましょうがね」

「しれっとした顔で……貴様、何処まで腐ってやがるのだッ。たった今、秘伝の薬

があると言ったではないか」

「――しつこいですな。これ以上、騒ぐと、商いの邪魔をしていると思われますよ」

「邪魔だと……邪魔をしたのは、そっちではないのか。俺は何者かに襲われ、その後、寛平も攫われたがな」

「一体、何の話をしているのです。それこそ、何かの病で、頭がおかしくなりましたか」

安左衛門は呆れて溜息をつくと、人波をかき分けて、幸右衛門が入ってきた。

「まあまあ、璋庵先生。何を苛立っているのです」

「これは『淡路屋』の……」

幸右衛門を見た璋庵は、さらに強気になって、

「ご隠居からも言ってやって下さい。養生所の者たちは苦労して頑張っているのに、こんなまやかしの薬を売りつけて、人の不安を煽っているのだからね」

「それ以上言うと、璋庵先生の方が悪者になってしまいますよ。ねえ、安左衛門さん……おたくが怪しい薬を売っているはずがない」

「ご隠居のおっしゃるとおりで……」

安左衛門が適当に話を合わせると、幸右衛門も愛想笑いをして、

「八田錦先生のお陰で、うちでも疱瘡に効く薬ができそうです」

「えっ……」

「まずは、罹らないための疱瘡の苗、そして万が一、罹患したときに治す薬……」

「そのようなものが……？」

「ええ。まだ試作の段階ですがね、もし効き目があるようでしたら、処方は江戸中の薬種問屋にお教えしますよ。ええ、お宅のように出し惜しみはしません」

「……」

「並んでいる皆様方も、今しばらくお待ち下さいまし。くれぐれも高い金を払って、偽薬などには手を出しませんように」

幸右衛門の皮肉に、安左衛門の瞼がピクリと動いたが、こっちも愛想笑いで返した。

「では、璋庵先生……御殿山での成果を、うちでお聞きしたいと存じます。何者かに襲われた錦先生も、無事に帰ってきておりますれば……」

わざと安左衛門に聞こえるように言って、幸右衛門は璋庵を、日本橋通りにある

『淡路屋』まで誘った。

奥座敷に招かれた璋庵は、錦と再会して安堵した。幸右衛門は、いつになく真顔でふたりの前に座ると、

「先生のおっしゃるとおり、あの『順玉堂』は守銭奴と思えるくらい、金に執着しているようです。ですが、贋薬を作っているわけではありません。むしろ、良く効くものを処方している。それより大変なことが……」

「大変なこと……」

首を傾げる璋庵に、錦が答えた。

「実は、あの後、寛平が何者かに連れ去られたのです」

「な、なんと……⁉」

驚愕する璋庵に、錦は申し訳ないと謝った。だが、幸右衛門は穏やかな顔で、

「でも璋庵先生、案ずるには及びませぬ。真太郎さんが追いかけて、北町奉行所の佐々木の旦那たちが『順玉堂』を張り込んでおりますれば」

「えっ、『順玉堂』を……どういうことですかな」

「寛平を攫った浪人たちは、どうやら安左衛門に密かに頼まれた奴らでしてな。錦

先生や璋庵先生の動きを事前に察しており、種痘の苗の横取りを考えていたようです」

「何のために……」

「考えられるのは、安左衛門が疱瘡を防ぎたい誰かに、苗を高値で売るつもりなんだろうと思います」

「なるほど。あいつなら、やりかねぬ。ならば、その前に止めなければッ」

「北町の佐々木の旦那や嵐山親分が、安左衛門を見張っているから、浪人が現れたら、すぐさま捕らえることになっております」

「そうなのですか？」

「ええ。でも、かなりの腕利きらしいので、奉行所の方でも剣術の使い手や捕方を大勢、控えさせているようです。ですから、今、『順玉堂』で騒ぎは起こしたくないのです」

「なるほど。そういうことなら、素知らぬ顔をしておきましょう」

不安を感じている璋庵に、幸右衛門は尋ねた。

「先生は初めから、罪人である寛平を使おうと決めていたのですかな。だとしたら、人の情けに欠けますな……錦先生もそうです」

「そうですよ」

璋庵はハッキリと答えた。

「言葉は悪いが、大勢を助けるために、ひとりが犠牲にならねばならないこともある。特に医学においては、無情と言われることをしてでも、困っている人々、そして後の人々を救わねばならないからです」

「錦先生もそうですかな？　大勢のためだからといって、ひとりの命を疎かにする人ではありませんよね。少なくともお父上はそうでした」

「幸右衛門さん……あなたも薬種問屋ならば分かると思いますが、病に関しては道理の良し悪しでは決められません」

璋庵はいかにも蘭方医らしく、冷静に言ったが、

「種痘の苗は上手くいくと思います……私の気がかりは、公琳の方です」

「公琳……」

元武士だったが、医術を志して璋庵に弟子入りした中西のことだ。短い間ではあったが、ともに努力したことを話した。根っから悪い奴ではないと璋庵は弁解をし

てから、

「しかし、妙なところがあった。痘瘡が流行る前から、ずっと痘瘡に拘《こだわ》っていたのだ……奴は娘を流行病で亡くしたそうで、若い頃、医学を少し齧っていたからと、居ても立ってもいられなくなったらしい」

「……」

「それで、あいつは小石川養生所から痘瘡の菌を密かに御殿山村に運んで、そこで研鑽をしていたのであろう。だから、村に痘瘡が広がったに違いない……罪なことをした。半分は私のせいかもしれない」

悄然とする璋庵に、幸右衛門は何と声をかけてよいか分からなかったが、

「とにかく一刻も早く、無事に痘瘡の苗が江戸に届くことだけを祈っています」

と錦は囁くように言うのだった。

七

寛平が再び、高輪の大木戸に姿を現したのは、その翌日のことだった。羽織袴姿

で、いかにも役人風の姿の藤田と曽我部に連れられてのことである。

通行手形を見せて入ろうとしたとき、役人が子供のことを訊いた。背中の怪我のせいなのか、疲れ切った青白い顔の寛平の姿が気になったのだった。だが、藤田は平然と、

「病に罹っておるゆえな、急いで医者に診せなければならぬのだ」

そう言い訳をしていたとき、

「寛平ではないか。あ、やっぱり寛平だ」

と背後から駆け寄りながら声をかけてきたのは、真太郎だった。

藤田と曽我部は会ったことがなかったが、寛平にはすぐに分かった。だが、町方同心とは知らないから、何も返事をしなかった。

すると、藤田は真太郎を睨んで、

「人違いであろう。さ、行くぞ」

と手を引いて行こうとすると、その前に真太郎は立ちはだかるように、

「俺だよ。覚えてないか。昨日、丁度、ここで錦先生といるとき、浪人者に襲われたじゃないか。助けようとしたけど」

「……」

「その後、公琳先生に連れ去られて小田原に行こうとしたけれど、今度はそこのふたりに連れ去られた。璋庵先生や錦先生も心配しているはずだ。さ、俺と行こう」

真太郎が寛平に手を差し出すと、曽我部が乱暴に払おうとした。真太郎はギラついた目つきに変わって、

「俺を誰だと思ってんだ、おいこら」

と昔のような悪ガキの目つきになった。

「若造……関わりない奴は引っ込んでるのだな」

「おまえら、馬鹿か？　俺の話を聞いて、尾けられてたってことが分からないのか」

「何の話だ。邪魔立てすると痛い目に遭うぞ」

強引に大木戸を通り抜けるつもりであろう。すると、番小屋から出てきた大木戸役人のひとりが近づいて来て、

「何を揉めておる……おお、これは北町奉行所の臨時廻り方、清野真太郎殿ではないか。如何しました」

「この者たちは人攫いだ。連れのガキは、昨年、神田の金貸し殺しで捕らえられて、御殿山の村役人預かりになっていたところだ。役儀によって、処刑のために江戸に連れ帰っているのだ」

「さようでしたか。では、こちらへ……」

役人が真太郎を案内しようとしたとき、寛平が突然、一目散に江戸市中に向かって駆け出した。追いかけようとした藤田と曽我部を、とっさに役人たちが取り押さえようとしたが、物凄い体捌きで投げ倒された。

さらに寛平を追おうとする藤田と曽我部の前に、真太郎が立ちはだかると、ふたりはいきなり抜刀して斬りかかった。

素早く避けた真太郎は、

「人殺しだ。拐《かどわ》かしの上、人殺しだ！　引っ捕らえろ！」

と大木戸役人たちに大声で命じた。

困惑したふたりは相手にせぬとばかりに先へ進もうとしたが、他の大木戸役人たちが刺股《さすまた》や突棒《つくぼう》などを持って来て、ふたりをぐるりと取り囲んだ。

「どけいッ。叩き斬るぞ！」

怒りを露わにした藤田と曽我部だが、もはや身動きできなくなった。その隙に、真太郎は寛平を追っていった。

寛平が真っ先に向かったのは、深川仲町にある『結城楼』という遊女屋であった。ここには、寛平と幼馴染みだった、おみなという娘がいる。父親の借金の形に女衒《ぜげん》に連れて来られたのだ。

それがもう、二年も前のことである。わずか十二の頃だった。だが、寛平にはどうすることもできず、今冬のような雪道の中を、恐そうな荒くれた男たちに連れて行かれるのを見送るしかなかった。

だが、風の便りに、疱瘡に罹っていると聞いた。もし、それが事実ならば、密かに江戸から追い出され、何処かで殺されるという噂も耳にしたことがあった。事情を知らない子供ならば、想像が膨らんで、生き地獄を思い浮かべたことであろう。

だから、

——自分に植えた種痘の苗を受けさせてやりたい。

と考えたのだ。

遊女屋の前に来たとき、真っ昼間だというのに、客が何人も出入りしていた。吉原と違って、きちんとした刻限があるわけではなく、朝早くから夜遅くまで、色々な男たちが卑猥な言葉を発し、女たちを求めているのだ。

寛平はまだ子供だ。そんな淫靡《いんび》な雰囲気に耐えられなくなって、目を閉じたくなった。だが、おみなのことを助けたい一念で、店の暖簾をくぐった。

「おや。これまた若い子だねえ。もしかして筆下ろしかい」

薄汚い笑みを浮かべた遣り手婆を、寛平は睨んで思い切って言った。

「おみなはいるかい。ここでは、夢乃と名付けられたらしいが」

「おや、あの子に馴染みなんていたかねえ」

「いるかと聞いてるんだッ」

声を荒らげたが、遣り手婆はあっさりと、

「夢乃……いや、おみななら、とうに見世にはいないよ」

「身請けでもされたのかい」

「可哀想だがね、重い病に罹って死んじまったのさ。ようやく女になったばかりなのに、すぐ死んじまったよ。これからが稼ぎどきだったのに、儚い命だったねえ……こちとら元が取れないから、大損だったよ」

遣り手婆の言葉に、しばし愕然と立ちつくしていた寛平だが、

「――死んだ……嘘だ……嘘だろ……」

と思わず、しがみつこうとした。

寸前、傍らにいた若い衆が寛平の肩を鷲掴みにすると表に放り出した。地面に転がった寛平は、必死に立ち上がろうとしたが、足蹴にされて再び、転んだ。だが、殴る蹴るをされるのは慣れているので、悲鳴も上げず、むっくりと立ち上がると、

「ほ、本当のことを教えてくれ……死んだってのは……」

また殴ろうとする若い衆を止めて、遣り手婆が言った。

「嘘をついて何になるね……あ、もしかして、あんたは幼馴染みの……」

「そうだ。寛平だ」

「寛平……そういや、兄妹みたいにしていたとか言ってたなあ。まあ、そうかい……こりゃ驚いた。お解き放ちになったのかい。押し込みをして、人殺しまでして、お仕置きを受けてたはずだが……なに、夢乃がそう言ってたんだよ」

「……」

「あんたが殺《や》った〝人食いの竜造〟なんざ死んだ方がいい奴だったからねえ。よくぞ、やってくれたと、この辺りの男衆でも思ってたもんさ。そうかい、あんたかい……」

遣り手婆は寛平の手を握りしめて、

「夢乃の親父の借金だって、竜造から借りたものだった。あんた、夢乃を取り返すために、竜造に直談判して金を脅し取ろうとしたそうじゃないか。それは無謀ってもんだ。けど、よく殺してくれた。ハハ、まあ、いいやな。江戸へ戻って来たんだから、行くところがなきゃ、雇ってやってもいいよ。それがいい、うちの若い衆になんな」

何が楽しいのか、遣り手婆がにっこりと笑いかけると、その間に、真太郎が割り込んできた。予めここに来ることを分かっていて、後を追ってきたのだ。

「悪いが、こいつは俺が預かるぜ。まっとうな仕事をさせなきゃ、親戚預かりになっていた意味がないんでな」

「誰だ、てめえ」

と若い衆がいきなり殴りかかろうとしたが、真太郎はその拳をぐいっと握りしめた。あまりにも強すぎるので、若い衆は情けない声をだして跪いた。他の者たちが近づこうとしたが、遣り手婆が騒ぎは御免だと止めた。

　真太郎は寛平の腕をしっかりと掴んで、

「さあ。行くぞ。おまえが行く所は……分かってるな」

　と諭すように言った。

　去り際、遣り手婆を振り返った寛平は、

「おみなの病は、何だったんだい」

「疱瘡さね。だから、ここに置いとくわけにはいかなかったんだ」

「まさか、山に捨てたんじゃ……」

「違うよ。町医者に診て貰ったが、高熱を出して、発疹が酷くなって……あっという間にお陀仏だった」

　がっくりと両肩を落とした寛平は、もうどうにでもなれとばかりに、真太郎に引っ張られるがままについていった。

　連れて行かれたのは、小石川養生所である。

「生きる張りがなくなれば、体の中もだんだん弱くなる……おみなとやらは、わずかな光も見ることができなかったのかもしれねえな……だが、おまえは頑張れ……少なくとも人の役に立つんだぜ」

真太郎が励ましたが、璋庵に会った途端、寛平は、早く処刑されたい気分だった。

そんな寛平を迎えた人が、もうひとりいた。母親のお紺である。

――死にそうになったら、この身を預ける。

と藪坂に話していた、あの中年女患者だった。

「ごめんよ。苦労をさせたねえ、寛平……」

寛平は何も言わずに、そっぽを向いていた。まさか母親が養生所にいるとは知らなかった。もっとも、金もなく身寄りもなければ、小石川に来るしかなかったであろうが、寛平にはどうでもよいことであった。

「璋庵先生から聞いたよ……おまえの体が、人を救えるのなら、何とか力になってあげておくれ……私はもう先が短いが、寛平……おまえには長らえて貰いたい……人様のお役に立てば、罪が減るかもしれない……死罪を免れるかもしれない……そうでしょ、先生」

お紺は崩れるように泣いた。

「ああ。そのために、藪坂先生も私も頑張ってる。寛平……頼んだよ」

周りの大人たちの顔を見廻しながら、

「またぞろ勝手なことばかり……」

そう言いながらも、寛平は覚悟は決めていたようだった。しかし、寛平の様子がおかしくなったのは、その夜のことだった。

八

すぐにでも、寛平の体から種痘の苗を取って、患者に植えてもよいのだが、もし他の病にも罹っていたとしたら、却って危ない処置になってしまう。また、寛平自身が痘瘡に罹ってしまうこともある。

「やはり、背中に受けた傷が大きいようだな。人の体は異物が入ったり、怪我をしたりすると、防御する力がしぜんと強くなってくる。そのために、異物を排除することになるから、寛平に植え込んだ種痘の苗も、異物として潰されることになるのだ」

藪坂が言うと、璋庵も深く頷いた。

「――ということは……種痘の苗の力が弱まるということですか」

錦の問いかけは正しいが、まだ効果がないと決まったわけではない。最善を尽くすのが医者というものであろう。

すぐさま錦は、少し熱を出して寝ている寛平の、わずかに化膿した所から、膿を取り出して、特殊な培養液に浸した後に、〝痘瘡小屋〟にいる患者に施すしかなかった。何もせずに黙って死を待たせるわけにはいかない。すでに発熱が終わって、発疹が出ている患者には効きにくいかもしれないが、他の手立てがない上は、多少の危険は承知の上で、処置せねばなるまい。

その一方で、璋庵ら小石川の医師たちは、寛平の容態がこれ以上、悪化しないように傷口の治療も含めて最善を尽くしていた。しかし、夜通し、唸り続けていた寛平は、思いがけぬ旅の疲れもあって、体が弱っていた。

翌朝――。

小石川養生所で起こっている状況を、錦は北町奉行の遠山左衛門尉に伝えた。

当然、此度の疱瘡の一件は承知しており、養生所を管轄する役所としても、事が上手く運ぶように善策を取っていたはずである。

だが、結局、痘瘡については、璋庵ら医師任せにするしかなく、町火消したちには町内巡りをさせて、病原になるような塵芥や糞尿の始末を徹底させていた。

その一方で、薬種問屋『順玉堂』を張り込んでいた佐々木や嵐山が、大木戸番小屋で捕らえられていた藤田と曽我部を大番屋に連行し、安左衛門との関わりを篤と調べた。そして、遠山も自ら吟味をしたところ、

――安左衛門は、寛平の体で培養されたものを患者に打ち、それを自前の薬に見せかけて、大儲けすることを画策していた。

ことが明らかになった。偽薬ではないから死罪には当たらぬが、薬種問屋のするべきことではないとの判断から闕所《けっしょ》としたのだ。

「中西公琳もそうだが、つまらぬ奪い合いをしなければ、寛平が怪我をすることもなく、すみやかに対処できたかもしれぬのにな」

遠山が無念そうに言うと、控えていた錦が答えた。

「私が油断をしたためです。申し訳ありませぬ」

「そう自分を責めるな」

「言い訳は致しません。ですが、お奉行。もっと研鑽すれば、多くの子供たちに同時に植えることができ、末広がりに苗は行き届くのですから、奪い合う必要などありません。瑋庵先生たちには、これからも頑張って貰わねばなりませんね」

「そう願いたい。おまえも励め」

「はい。で、お奉行。寛平のことですが……」

錦の言いたいことが分かっているのか、遠山は「無理だ」と答えた。

「どうせ、寛平を解き放て。罪一等減じるどころでは納得しない、とでも言いたいのであろうが、それは御定法に照らして……」

「お聞き下さいませ。定町廻りでは探索していませんが、臨時廻りの清野真太郎さんが改めて調べたところ、寛平が竜造なる両替商を殺して金を奪った一件、もしかしたら、寛平の仕業ではないかもしれないとか」

「なんだと……だとしたら、俺の裁決が間違っていたことになるが？」

「そうです。殺された竜造に恨みを持っている者はゴマンとおります。誰に殺されたとしても不思議ではない。恨みを持っている者の中には、寛平の父親もおります」

「五十蔵のことか」

錦は大きく頷いたが、遠山は納得せず、

「その者ならば、俺もお白洲にて吟味したが、奴がやってないのは明白。殺しのあったときには、ある賭場にいたことを証言した者が何人もおるゆえな」

「ですが、疑いはかかった。一度は、五十蔵のせいにされそうになったが、息子の寛平が捕まったから、嫌疑が晴れたのではなかったのですか」

「お白洲のことを知りたければ、例繰方《れいくりがた》に出向くがよかろう。番所医の〝はちきん先生〟にならば、喜んで答えてくれるはずだ」

遠山は微笑を浮かべたが、錦は凜然とした顔を向けて、

「私は、遠山様が間違った判決をしたと言っているのです」

「そこまで言うか……」

「はい。寛平が下手人ではなく、他にいたとなれば、過ちをお奉行が自ら謝り、無罪放免にした上で、弁償もせねばなりますまい」

毅然と見つめる錦に、遠山は冷静に返した。

「何か根拠があってのことであろうな」

「今一度、五十蔵を調べてみては如何でしょうか。たしかに、五十蔵は何もしていないでしょう。しかし、寛平にさせた疑いはあります」

「なんと……」

「十五になる前の寛平ならば、すぐさま処刑されることはありません。運が良ければ、遠島か、あるいは江戸十里四方払いで済むかもしれません。一年の後には、さらに罪が減る。そう思って、博打の借金のことで揉めていた竜造を殺らせた節がある……と、真太郎さんの考えです」

「さようなことがあれば、この遠山が見抜けぬとでも思うてか」

「定町廻りの佐々木様、そして吟味方与力の藤堂様から上がってきた事案ですから、間違いないと思ったのではありませんか？」

「……」

「万事を尽くしても、人は誤ることがあるものです。どうか、どうか、お裁きを見直して下さいませ。もし辻井様なら当然、すぐに吟味をやり直すと思いますが」

　錦は感情を抑えながらも続けた。

「寛平が、父親にやらされた罪であることを隠していたのは、幼い頃から恐怖を植えつけられていたからだと思います。そして、母親のことを気にかけていたのだと」

「母親のことを？」

「駄目男でも、母親には自分よりも、五十蔵が側にいた方がよいと考えたのでしょう。しかし、そうはならなかった……やはり、自堕落な人間は、なかなか治ることがないのでしょう。重い不治の病と同じです」

「……」

「今、寛平は種痘の苗を自らの体の中で育てておりますが、そのせいで命を縮めることになるかもしれませぬ。そう覚悟をしたのは、たとえ命じられたことであっても、竜造を殺したのは自分であり、金が欲しかったのも事実だからです」

「さよう。減免は無理だな」

錦はぐっと溢れそうな感情を噛みしめて、

「寛平は絶望の淵に陥ってしまって、生きる喜びがない。だから、体の中も萎えてしまったのだと思います」

「……」

「ですから、お奉行の手で、その口で……生きる望みを、やり直す気を、取り戻してやってくれませんか……そうすることで、寛平の体はよくなり、多くの人々を救う種痘の苗も広げることができるかもしれません」

「――難儀なことよのう……」

しばらく腕組みで考えていた遠山は、善処すると約束をした。むろん、五十蔵の裁きのやり直しはできぬ。

ただ、殺しを唆すのは重罪である。殺しについては、寛平がやったことは間違いないが、唆したことについては、改めて吟味を行うことを、その後、遠山は決めたのだった。

肝心の寛平の体は日に日に弱っていった。

見るからに衰弱し、疱瘡によって起こる発疹も頭部を中心に現れ、しだいに全身に広がっていった。やむなく、寛平は〝疱瘡小屋〟に移された。

「璋庵先生……此度の試みは失敗だったということですか」

暗澹たる気持ちで、錦は璋庵に尋ねてみた。

「残念だが、そういうことになるかな」

「それほど、疱瘡と闘うのは難しいことだということですか」

「私の努力不足だ……何とかできると思っていたが、考えが甘かった……」

璋庵が気弱に項垂れるのを、錦は黙って見つめるしかなかった。

三日後の夜——。

寛平の容態が急変し、意識が薄れていった。〝疱瘡小屋〟には医師と看病人以外は誰も近づくことができなかった。看病する方にもそれなりの覚悟が必要だった。

だが、錦は璋庵とともに、意識も朦朧となった寛平を見つめていた。熱いと呻くように言っていたが、璋庵によると苦しみはないはずとのことだった。

「——寛平、しっかりしろ。俺の体の中にも、おまえから受け取った苗があるのだ。お陰で、こうして病に罹らずに生きてる。だから、おまえが生きなくてどうする」

璋庵が必死に励ましたが、寛平は気弱な声で、

「俺……死ぬのかい……」

と呟いた。

そんなことはないと、錦は答えてしまった。

「大丈夫よ。遠山様は、あなただけが悪くないと認めたし、罪一等どころか、快復

をしたら、好きなところで暮らせと言ってくれているわよ」

「本当かい……」

「ええ、本当ですとも。それに、あなたのお陰で、大勢の人が助かっている。だから、みんなが礼を言いたいとね。だから……」

「──お、おみなと一緒に……せっかく、この世に生まれたのに……なんもかもが儚い夢だったな……しかも、つまらなかった……悲しかった。辛いだけだった……」

「お願い、頑張って……寛平ッ」

錦は必死に声をかけた。手を握りしめると、異様なほど熱かった。

息子の最期を見届けたいと母親のお紺が〝疱瘡小屋〟に入りたがったが、小石川の医者は頑なに拒んだ。感染《うつ》っては困るからである。お紺は死期が迫っているから構わぬと声を限りに、寛平の名を呼んだが、叶えられないという。

杓子定規な対処を見かねて、錦は、お紺にも種痘の苗を植えてから、息子に会わせてやろうとしたが、藪坂は許さなかった。お紺は自室で泣き崩れるだけだった。

「しっかりして、寛平……お母さんも、あなたの苗で大丈夫ですよ」

懸命に励ます錦の願いも空しく、その夜の間に、寛平は、声の届かぬところへ旅立ってしまった。錦は医者として悔やんでも、悔やみきれなかった。

数日後——。

御殿山村で快復をする者が増えたという報せが、高野から届いた。いずれもが、寛平の苗が効いたらしいとのことだった。その村で研究に当たっていた公琳は、小石川養生所に舞い戻って詫びを入れ、小田原のお殿様も救われた。

この辛い経験をもとに、錦は番所医として、さらに予防医療にも取り組んだが、幕府が神田お玉ヶ池に種痘所を作るのは、安政五年、幕末になってからである。

第四話　正直な嘘

一

矢車問屋《やぐるま》『燕屋《つばめや》』という軒看板が通りで一際目立っている。

間口十間はあろう広い店構えの割には、人が出入りしやすいようにしているのか、短めの藍染めの暖簾が風に揺れている。矢車問屋とは、あまり聞き慣れないが、大八車や駕籠、さらには飛脚など荷物を扱う、今でいえば物流会社であろうか。特に、少量で急ぎの荷を扱う宅配に類するかもしれない。

ゆえに、頻繁に商人や運足人夫らが沢山、出入りしており、数多い荷物も土間や店先に山のように積まれているため、常に喧嘩をしているような騒々しさであった。

そこに、よく出入りしているのか、慣れた足取りの町方同心が、飛燕《ひえん》の紋様が染められた暖簾を潜って入って来た。小銀杏に黒羽織、雪駄履で、これ見よがしに十手を突き出しているのは、佐々木康之助であった。

佐々木は入って来るなり、帳場の前まで来て、

「おい。困ったものだな、『燕屋』……」

と算盤《そろばん》を弾いている番頭に声をかけた。いかにも横柄な態度の佐々木に、番頭の鴇兵衛《ときべえ》は帳簿から目を離さないまま、

「ああ、これは北町の佐々木様。ご足労おかけして申し訳ありません」

と言った。出迎える方の態度としては、いささか無礼であるが、佐々木は特に気にする様子はなく、小肥りの鴇兵衛は算盤を弾き続けながら、「旦那様。お見えですよ」と大声を上げた。

すぐに奥から出てきたのは、『燕屋』の主人・彦右衛門《ひこえもん》で、こちらはいかにも人の良さそうな好々爺だった。還暦を過ぎているが隠居をせずに、自ら店を切り盛りしているのは、まっとうな跡継ぎがいないからである。いや、娘婿がいるが、これが生まれつきなのか、怠け者でだらしなく、商売にはとんと興味がなかった。

娘婿の梅之助《うめのすけ》は元々遊び癖があって、横のものを縦にもしないから、彦右衛門は

毎日のように叱り飛ばしていた。

「おまえなんぞ婿に貰うのではなかった。お松《まつ》が可哀想でたまらん」

腹が立つより、あまりにも情けなかった。

しかし、お松当人は、役者のような色男の梅之助に心底、惚れ込んでおり、祝言を挙げてから五年余りが過ぎるというのに、いまだに梅之助と目が合うと小娘のようにポッと頬を赤らめている。どっちもどっちというところか。

それを知ってか知らずか、梅之助の方は近頃、お松に冷たい。女癖の悪さは、酒や博打と同じで一生やめられないというが、婿の分際で遊んでばかりである。商売には身が入らないくせに、金遣いだけは荒い。彦右衛門は常に胃がキリキリと痛んでいた。

そんな中で、手代頭の仁之吉《にのきち》が店の金を盗むという不祥事を起こしてしまった。しかも、役人から預っている金に手を出したのである。

矢車問屋というのは、物や手紙だけではなく、千両箱や為替を運ぶ大事な仕事もあった。いわば、〝現金輸送〟を担っているのだから、規律が厳しかった。

ましてや幕府御用金などを横領したり、金座から預った封印小判の包みを破ったりすれば、十両に足らなくても、その行為だけで死罪である。仁之吉が手を付けたのは、町奉行所に届ける町年寄から預った封印小判三百両のうちのひとつで、小判を一枚だけ盗んで、後は丁寧に包み戻していたのだ。

だが、たった一枚でも欠ければ、扱い慣れた者にはすぐ分かるものである。浅はかなことをしたと、泣きわめく仁之吉を、彦右衛門は決して許すことはなかった。

これが、店の金ならば問題はないが、御用金となれば、封印の付け直しなどはすぐにバレる。お咎めがあるのは『燕屋』であり、闕所にされてはたまらぬ。彦右衛門は心を鬼にして奉行所に届けたのである。

「おまえがやらかしたことに……間違いないのか、仁之吉」

佐々木が訊くと、仁之吉は素直に答えた。

「はい。おっしゃるとおりです」

「手代頭でありながら、何故、こんな不埒なことをしでかしたのだ」

「つい、魔が差しまして」

「近頃は鰻登りの『燕屋』の手代頭ならば、金に不自由しているとは思えぬが」

「申し訳ありません。博打を少々……」

「賭け金欲しさってことか。それで借金ができたか」

「そういうことです」

悪い事をしたくせに真面目に返答することに、佐々木は却って苛立った。この場には、彦右衛門以外にも、娘のお松……そして、なぜか薬種問屋『淡路屋』の隠居・幸右衛門もいた。

「申し訳ありません。どんな罰でもお受けいたしますので、ご勘弁下さいまし」

仁之吉は平伏したまま、佐々木に訴えるような目で言った。

「殊勝な態度だが、御用金の封印を切れば死罪。承知しておろうな」

「しょ、承知しております……」

今更ながら、やらかした罪の恐ろしさに、仁之吉は身が震えてきた。

そのとき、表通りから、梅之助がぶらりと帰ってきた。いかにも馬鹿旦那風で、着崩れた羽織の袖を振りながら、長めの楊枝を咥えている。シーシーと下品な音を立てて、ゲップまで出してから、

「聞こえてたぞ。そう目くじらを立てなくてもいいだろうに……ゲップ」

と声をかけた。

まもなく三十で顔色は良いが、ダラダラと足踏みしているような態度は、ならず者のようにも見えた。

「おまえは黙ってなさい。関わりありません」

きつく彦右衛門が言うと、斜に構えた格好で近づきながら、

「関わりありますよ。その封印から小判を一枚、拝借したのは私ですから」

と梅之助は答えた。

「な、なんですと？」

「お義父《とう》さん……そんな目をむくほど驚くことはないでしょう。毎度のことじゃないですか」

そう言いながら、仁之吉の横に座って肩を抱いて、

「すまんな。おまえのせいになるところだった。この通りだ」

と頭を下げて、

「それにしても、おまえもやってないなら、やってないと言い返したらどうだ。何でもハイハイと言うことを聞いてたら、本当にこの首を刎ねられてしまうぞ。その

前に、この店をクビになってしまうか、アハハ……ということで、八丁堀の旦那。こういうことなんで、ご足労でした。私が御用金を盗ったと義父が訴え出るなら、私も潔く裁かれます」

「――それでよいのか、『燕屋』……」

佐々木が問いかけると、彦右衛門は歯嚙みしながら、

「情けないことです。矢車問屋は人様の物やお金を預かりますから、日頃からその扱いには厳しく躾けてきたつもりでございます。それなのに、私の婿がこのような……」

「だから、どうする。おまえの店の金ではない。公儀の金だ。しかも、見たところ……困ってやったことではなく、遊ぶ金欲しさだったようだ」

「申し訳ありません」

彦右衛門は両手をついて頭を下げて、

「婿といえども、我が子も同然……どうか、馬鹿な息子がやったことだと、ご勘弁願えないでしょうか。私の顔に免じて、どうか」

「してやりたいのは山々だが、御定法は御定法ゆえな」

すると、傍らで見ていた幸右衛門が、

「佐々木の旦那。そう堅いことおっしゃらずに、頼みますよ」

そう言いながら近づいてきて、佐々木の袖に小判を一枚入れた。佐々木は素知らぬ顔で、

「ご隠居も知り合いか」

「この『燕屋』とは遠縁に当たりましてな、時々、遊びに来てるのです」

「そうなのか……」

幸右衛門とは知らぬ仲ではないし、かつては薬種問屋肝煎りだったこともあり、公儀御用達も務めていた大店だから、佐々木はもうどうでもよくなっていた。

「この彦右衛門さんとも、昔から兄弟みたいに付き合ってましてな、色々と面倒かけたり、かけられたりで……同じ商人ですから、お金には随分と神経を使っております」

さらに小判を一枚、佐々木の袖に入れると、チャリンと小気味よい音がした。だが、佐々木はそれについては何も言わずに、

「――『燕屋』。今日のところは、『淡路屋』の顔を立てて、婿のことは目をつむる。

しかし、その封印はきちんと分からぬように始末をつけておけ。よいな。そして、今後はしかと店の者を躾け直すがよかろう」

と威儀を正して言うと、梅之助が横合いから、

「ハアア。心得ましてございます」

からかうように言った。

佐々木は梅之助を一瞥して立ち去ろうとして、

「ところで、幸右衛門……おまえはなんやかやと首を突っ込んでくるが、〝はちきん先生〟とはどういう間柄だ」

「今、ここで話さないといけませんか。それとも、まだ足りないと……？」

幸右衛門が袖を振ってみせると、佐々木は苦笑いをして出て行った。

項垂れたままの仁之吉に、手代たちは「よかった、よかった」と安堵の声をかけたが、彦右衛門はいきなり仁之吉の頰を叩いた。

「私たちの商売は一度の失敗で、信頼がなくなってしまう。おまえを育てた主人の私も一緒に手が後ろに廻るんだ。そんなことくらい分からないおまえではないだろう」

「すいません……申し訳ありません……」

必死に謝る仁之吉に、さらに彦右衛門は手を上げようとしたが、

「お義父さん。盗ったのはこの私だと言ってるじゃありませんか。殴るのなら、私にして下さい。へえ、どうぞ、ほれ」

と梅之助は頬を突き出した。すると、彦右衛門は振り上げていた腕を下ろして、

「いい気になるなよ、梅之助……おまえは、『燕屋』にとって疫病神だ……だから、私は、お松とおまえの祝言には反対だったのだ。これ以上、店に迷惑をかけるなら、引導を渡すから、そう心得ておきなさい」

吐き捨てるように言って、奥へ立ち去った。

「申し訳ありません……」

消え入るような声で仁之吉は、梅之助に謝った。

「馬鹿だな、おまえは……俺を庇ってくれるのは嬉しいが、下手をしたら……でも、まあ、おまえがいなかったら、俺もこうして悠長に遊ぶことができないしな。じっと我慢しておくれ。そのうち……」

の続きは言葉にせずに、梅之助はじっと仁之吉を見て頷くだけであった。

女房のお松の方といえば、梅之助を見つめているだけで、何処で女遊びをしてきたのか、酒を飲んできたのかと訊くことはなく、ただ夕餉がいるか、先に風呂に入るかと尋ねるだけであった。

二

ある夜、吉原の仲の町を、幸右衛門が歩いていた。薬種問屋仲間と遊びに来ることはたまにあったが、実に久しぶりである。

見世の前で冷やかすだけでも、擦れ違う者たちが思わず振り返っていた。幸右衛門が連れているのが、総髪を後ろで束ねただけの白い羽織の若侍風だが、男か女か分からない若造なので、

「——もしかして、女か……?」

と時折、旦那衆が何度も振り向いていたのだ。そのたびに、若侍風は幸右衛門に付き合って、物見遊山で吉原に来てみただけだという顔をした。その若侍の耳元に、幸右衛門は囁いた。

「錦先生……男の格好をしても、美貌は隠せませんな。ほら、また振り返られた。先生が遊郭に入れば、吉原一の太夫でしょうな」

さりげなく肩を抱き寄せようとした幸右衛門の腕を、八田錦がつねった。思わず「アタタタ」と悲鳴を上げたので、ますます男衆は振り返った。

吉原の遊女が外出できるのは、病気になったときだけである。この際には、抱え主が妓楼名や遊女名を記した木札の切手が必要で、必ず遣り手婆らが随行する。元旦や五節句の紋日《もんぴ》であっても、祝い事は廓内だけで許されている。

つまり、病気か身請けされるか年季明けしか、郭外には出られない。ゆえに苦界とも呼ばれるが、地獄とは縁がない、極楽浄土のような華やかな町並みである。

逆に、郭外の女が吉原の大門内に入ることも簡単にはできない。四郎兵衛会所という番小屋が発行した〝女通り切手〟を示さねばならなかった。半紙三つ切の紙片のものだが、大門外の切手茶屋にそれぞれ月に三十枚ほど渡されていた。人数制限がされていたのである。

男の出入りは勝手次第だったが、女の出入りには厳しかったのだ。吉原内に入った女と、遊女が入れ替わって脱出ということもあり得たからだ。

「気持ち悪い。抱きつくなら、遊女にやりなさい。私にはその気はないぞ」

「俺にだってない」

言葉遣いは乱暴である。ふたりがわざとこういう会話をしているのは、錦を男に見せかけているためである。

不思議なことに、遊郭内には医者が常住していなかった。忌み嫌われていたからである。具合が悪くなれば往診はしてくれる。だが、これも男の医者に限る。奉行所で行うような〝達者伺い〟に出向いてきて、遊女の堅固を診る医者はいたし、緊急のときに対処する者もいた。

もっとも、此度、錦が若侍に扮してまで、幸右衛門に随行したのは他に理由があった。ただの吉原見物でないことは、百も承知している。『燕屋』の一件と関わりがあることなのだ。実は、主人の彦右衛門から、

「馬鹿婿のせいで、店が危ういから、なんとか善処してくれませんか」

と頼まれていたのである。これまでも『燕屋』のゴタゴタについて、幸右衛門が頼まれていたこともあるのだが、耳に入るのは婿の芳しくない噂ばかりだった。梅之助は育ちが悪いのか心得が悪いのか、とにかく店の金を使うことしか考えない。

お松も惚れた弱みとやらで何も言えず、やりたい放題だ。

「それをどうにかしてくれと言われてもな……人の性根は一朝一夕で治るもんじゃないからねえ……錦先生に治せますか」

幸右衛門が振ると、錦は淡々と、

「さあ……どういう了見で遊び廻っているか、その辺りは診てみないと分かりませんが、まずは下調べってところですかね」

「とかなんとか言って、錦先生も吉原を覗いてみたかったのでしょう」

「見てみたいのは本音ですが、こういう所で働いている女だからこそ、堅固に気を配って、場合によってはやめさせるべきです……もっとも、売春自体が御法度ですけどね、本当は」

「まあ、そう堅いことは言わずに……」

「幸右衛門さんも若い頃は、かなりの遊び人で、吉原の太夫にも随分と入れ上げていたって聞いておりますよ」

「違いますよ。こっちが遊女に惚れられてただけですよ。もっとも、辻井様には敵いませんでしたがね。あ、錦先生の父上は、そっちの方はカラキシでした、ははは」

「まったく……遊女が本気で惚れるわけがないでしょうに」

「おやおや、まるで知ったような……先生は、本当の恋というのをしたことがありますか？　遊女の恋こそ、本物ですよ」

訳知り顔の幸右衛門について、燦《きら》めく提灯や灯籠あかりの中、賑やかな通りをぶらぶらと歩いて来たのは、水道尻に近い京町一丁目の一角にある『寒山楼《かんざんろう》』という小さめの遊郭であった。

見世の格子を覗くこともなく、夜風にたなびく暖簾をくぐると、遣り手が奇異な顔になって、ふたりを押し出すように、

「茶屋を通してでないと登楼できませんよ。ささ、お引き取り下さい」

と言った。

遊郭には、直接上がることと、別の場所に遊女を招く形式があった。後者はいわゆる〝揚屋〟であるが、これは、武士が吉原から遊女を連れ出すのを避けるために作られた仕組みである。

だが、町人にとっては、それが面倒だというのもあって、〝引手茶屋〟が生まれ

て、〝揚屋〟とは区別された。〝引手茶屋〟は芸者や幇間《ほうかん》なども調達し、料理なども整えた上で、登楼を手助けする役目がある。遊女への揚代もまとめて受け取ってくれるから、客としては厄介なことはすべて任せられるのだ。

いわゆるお歯黒溝沿いにある浄念河岸や羅生門河岸の安い見世では、直に入るのがふつうであったが、『寒山楼』は茶屋からの案内がなければ、入ることができなかった。この〝引手茶屋〟に太夫が客を迎えに行ったり、〝揚屋〟に出向いたりするのが、吉原名物の華やかな花魁《おいらん》道中である。

遊女の最高位のことを、上方では〝太夫〟と呼ぶのが慣わしだったが、江戸では宝暦年間頃から、花魁と呼ぶようになっていた。天保の当世では、太夫もその下の格子という高級遊女もおらず、それより格下の散茶が花魁の代わりになったが、花魁道中に呼び出されるから、見世では太夫と呼ばれていた。町場では、花魁と言うのがふつうで、花魁といえば、華やかな身分の高い遊女であることに変わりはなかった。

「うちには、一見を相手にする遊女はおりません。お引き取り下さいまし」

「これはこれは、いつからかような上級遊郭になったのですかな」

幸右衛門は皮肉っぽく言った。

「『寒山楼』の屋号は、かの唐代の寒山と拾得、ふたりの高僧から来ているはずですがね……もっとも、ふたりとも奇行ばかりで、詩人としても有名でした」

「はあ……？」

「拾得は、天台山国清寺の食事係をしていまして、すぐ近くの寒巌に隠れ住んでいる、物乞い同然の寒山と仲がよく、寺の残飯を分け与えていた。それで、ふたりは肝胆相照らす仲になり、お互いを支え合った」

「なんですか、あんた」

「寒山拾得は、文殊菩薩と普賢菩薩の生まれ変わりとも言われてますがね……まだ分かりませんか」

と幸右衛門は自分の顔を指さした。

「もう亡くなられたが、先代の主人が寒山、そして私が拾得……遣り手のあなたは、昔、高嶺《たかね》と名乗っていた遊女。たしかに高嶺の花でした」

「えっ……」

「私ですよ、『淡路屋』幸右衛門。お忘れですかな、高嶺の花の……百合《ゆり》さん」

百合と呼ばれた遣り手婆は、薄目でじっと見つめていたが、

「――あらら、こりゃりゃ……『淡路屋』の旦那様でしたか……ご覧のとおり、目がやられちまってねえ。大変、失礼致しました」

腰を屈めると小柄な体が、さらに小さく感じる。この遣り手も元は遊女だった。年季が明けても若い遊女の面倒を見るために居残って、生涯を廓で過ごす女もいるのだ。

「目が悪いなら、いい医者は幾らでも知ってるから、今度看て貰えばいい。心配だ」

「あら、心配だなんて、嘘でも嬉しいじゃないか。この年になっても口説いてくれるのかい?」

「いや。仲良くするなら若いのがいいに決まってる、ハハ」

「言ってくれるわねえ……」

幸右衛門の背中をバシッと遠慮なく叩いた百合は、ちらりと錦を見て、

「もしかして、初登楼かい……お兄さんのようないい男なら、ほっといたって遊女の方から集まって来そうだがね。へいへい、良い娘を連れてきますから、さあさ

あ」

　今度は下にも置かぬ態度に変わって、百合は手招きしたが、幸右衛門は手を振って、

「そうではないのだ。実は、おたくの美佳《みか》という遊女のことで訊きたいことがあってね」

「ああ、美佳なら、うちでも一、二の人気ですわ。太夫の夕霧《ゆうぎり》と良い勝負している別嬪ですよ。それで筆下ろしとは、あなた様もお目が高い」

「違いますって……美佳さんに会うことはできませんか」

　遣り手は錦ではなく、幸右衛門に向かって、

「旦那様。廓のしきたりはよくご存じでしょ？　見世開きしているときに、余計な話は御法度だし、身の上話なんざ御免だよ」

　と少し迷惑そうに言った。だが、幸右衛門は構わず、ずけずけと訊いた。

「ここには、矢車問屋『燕屋』の婿が入り浸ってるだろう」

「え、ええ……梅之助さんですよねえ」

「目当ては、桃川《ももかわ》……つまり美佳だ。で、『燕屋』の主人に頼まれたんだがな、今

後二度と梅之助を、この見世に上がらせないでくれないかな」

「そんなこと言われてもねえ……旦那、人の恋路には邪魔はできないものだよ。若い頃は、随分と遊び廻った旦那なら、そんなこと百も承知だろうに」

「『燕屋』の身代が傾くほど大変な事態なのだ。追い返すだけでいいから、宜しく頼みたいのだがな」

「たとえ旦那様の頼みでも、無理な相談だねえ……」

吉原に限らないが、遊郭は唯一の〝自由恋愛〟の場といってもよかった。当時は、親が結婚相手を決めるのが当然である。たとえ恋心を抱く相手がいても、直に夫婦になる約束をするのは稀有なことだった。

そんな世の中で、妓楼に上がったときだけは、恋に浸ったのである。もっとも、遊女は誰とでも本気のように見せかける商売ではあるが、それでも、

――そのときだけは嘘ではない。

という熱い思いが遊女にも客にもあったのである。客を金蔓としか見ない遊女は、その性根を見透かされて、人気もなかった。

しつこく頼み込む幸右衛門に、

「野暮はおよしよ……私を困らせないでおくれな……」

と遣り手が押し返そうとしていたとき、

「では、私がお願いしたい」

錦が自ら申し出た。

「美佳さん……いいえ、桃川太夫に会ってみたいです」

「まだ太夫ではありませんよ。いずれ、夕霧が身請けされたら、美佳が格上げになるかもしれませんがね。その前に、美佳の方が『燕屋』の梅之助さんに引かれるでしょうねえ」

確信に満ちた顔になった百合に、錦は食い下がるように、

「分かりませんよ。私が口説いて、こっちへ靡かせてみせましょうか。私の金主なら、ほれ、ここにおりますしね」

と幸右衛門の肩を馴れ馴れしく叩いた。

ゴホンと咳払いをしたものの、少しはやる気を出してくれたかと幸右衛門は察して、錦の筆下ろしならば、是非にでも美佳に頼みたいと頭を下げた。そして、百合の袖に小判を一枚、そっと忍ばせた。

「まあまあ……そこまで言われるのならば、口をきかんでもありませんがね……えへへ、まあ、なんとかしてみましょう……で、若様のお名前は？」

「えっ……ああ、錦之助《きんのすけ》だ」

「錦之助様ですね。梅之助さんに勝る、まさしく錦絵に出そうな御仁ですから、美佳も悩ましくなるだろうねえ」

俄に相好を崩して揉み手になった百合に、錦はニコリと微笑み返した。

三

花魁ほどの遊女に相手をして貰うためには、「引き付けの式、裏、馴染み」という三度の杯を重ねなければならない。その度に十両もかかるから、庶民には到底、無理な話で、大店の主人や大名や大身《たいしん》の旗本くらいしか、遊ぶことはできなかった。

しかも、花魁ともなれば、四書五経の学問はもとより、和歌や俳諧などの文芸から、茶道や書道などの教養、囲碁や将棋のような遊びから、三味線や琴という芸事にも造詣が深かった。それほど毎日、厳しい修業を重ねてきたのである。遊郭としても金をかけてきたわけだから、身請けするには大金が必要なのは当然であった。

二階に案内されて、しばらく待たされると、絢爛豪華な衣装や髪飾りの美佳が現れた。

錦は思わず「わあ綺麗……」と声を洩らして、ニッコリと笑った。美佳の方も気さくそうな面差しで、微笑を返してきた。特別な計らいに感謝すると錦が申し述べると、

「こちらこそ、百合が失礼しやんした。今宵はお遊びではなく、あちきに折り入って、梅之助さんのことで話があるとのことで、こうして出向いて参りやんした」

と美佳は涼やかな声で言った。

その様子に、錦は思いがけないほど胸の中が熱くなって、もやもやした痛みが広がった。女の心の裡《うち》に思いを馳せたからである。

しかし、美佳の方は男が感極まったと思ったのか、

「どないしはりました？　緊張することはありまへんえ」

と京訛りの言葉で気を使った。廓言葉は田舎訛りを消すためだと言われている。

だが、美佳のそれにはまるで、廓という異世界に染みついた雰囲気が漂っていた。

「——実は、あまり話したことはないのだけど、俺は平塚にある女郎屋の倅なんです」

「ええっ……？」

「こんな立派な遊郭ではないけれど、東海道の宿場女郎よりは少し格上の遊郭でした。だから、遊女ってのは見慣れているのですが……なんと言っていいか……違う。まったく違う女の人だ……」

適当な嘘を語った錦のことを、美佳の方は素直に信じたようだった。

「そういうお育ちでしたか……」

「もっとも二親は何処の誰か分かりません。若様などではありません。捨て子同然に置き去りにされたのを、女郎屋の主人夫婦が育ててくれたのですがね。それで、俺は女っぽくなったのかもしれません」

「いいえ、男っぽいですよ。お顔がお綺麗だから、そう見えるんでしょうが、女の私から見ても、ほんに羨ましい」

錦は自分でも驚くぐらい胸が高鳴っており、まともに美佳の顔を見ることができなかった。美佳の方は阿弥陀如来のような笑みを浮かべて、じっと見つめている。まるで後光でも射しているような姿に、錦は眩しすぎて目を合わすことができなかったのだ。

「あ、あの、美佳さん……」

「何なりと聞かせて下さいましな。もしかして、梅之助さんは、私のことを嫌いにでもなったのどすか」

「そんなことはない……ええ、断じてない……と思います」

自分でも思いがけないほど感情が乱れ、錦は体が震えてきた。

「……ああ駄目だ……どうなってしまったのか……とにかく、俺はその……梅之助って人のことはよく知らない……でも、簡単に言うと……あんたに入れ上げているのだが、そのことで矢車問屋の『燕屋』が傾きかけている……奴は女房もいることだし、縁を切ってやってくれないか……」

「梅之助さんが、そう?」

俄に美佳の表情が曇った。それが遊女の芝居なのか、本心なのかは錦に分かりかねたが、首を横に振って、

「いや。梅之助さんから直に聞いたのではなく、主人に頼まれて、ええ……つまり、本人の意思とは関わりないところで、あなたと引き離したいと思っている人が何人もいるということです」

冷や汗を全身にかきながら、必死に伝えた錦だが、自分でも呆れるくらいに、震えていた。そして、最後に付け加えた。

「これは、俺の考えじゃない……頼まれただけのことだし……」

「たしかに、お義父様とは不仲だと聞いておりますし、奥方様ともあまり……」

「そんなことはない。かみさんのお松さんとはとってもいい感じですよ。それに、あなたのことを本気で身請けするかどうかも分からない。『燕屋』の跡取りとはいっても入り婿だし、自分で自由になる金があるわけではありませんからね」

「……ですよね」

なぜかあっさりと言って、美佳はニコリと微笑んだ。俄かに素の娘らしい態度になった。

「でも、大丈夫です。私は初めから、梅之助さんに身請けされるつもりはありません」

「え、ええ……?」

錦は少し戸惑って、まじまじと美佳の顔を見た。

「これでも、大勢いるんです。私を嫁にと欲してくれる殿方は」

「そうでしょうね……」

「誤解しないで下さいね。梅之助さんのことが一番好きです。惚れております。でも、花魁であろうが、何であろうが所詮は女郎。嘘と真《まこと》が入り混じっている商いなんですよ。心の奥で惚れていても、実ることはない。だから、せめてここに来たときだけでも、本気で惚れ合っていたいんです」

「そ、そうなんですか……梅之助さんは、そのことは……」

「知っていますとも。分かっていると思いますよ」

「……」

「梅之助さんはああ見えて、本当は真面目な人なんです。だらしなく、ふざけているとしたら、きっと他に何か狙いがあってのことだと思います」

「他に狙いがあってのこと……?」

錦は思わず身を乗り出して、酒を飲むのも忘れて見つめた。

「どういう意味です」

「それは私にも分かりません。でも、昔、こんなことがあったそうです……」

美佳は遠目になって、思い出話でもするように続けた。

「寺子屋のお金が盗まれたことがあったんです。まだ十二歳くらいだった梅之助さんは、泥棒のせいだと思っていたんですが、自分と仲良しの子が手を出したと知りました。すると、梅之助さんは、『おいらがやった』と名乗り出て、師匠に厳しく叱られたそうです」

「……つい近頃、幸右衛門さんから聞いたような話だ」

「でも、庇ってくれたその子は、感謝するどころか、これ幸いと梅之助さんのせいにして、他の子と一緒になって虐めました。けれど、梅之助さんは何の言い訳もせずに、それまでどおり寺子屋に通って勉学に励んでました」

「到底、真似ができないな……」

錦が嘆息すると、美佳は私もですと頷き、

「それから、しばらくして……またお金が盗まれるという事件が起きました。そのとき、寺子屋の師匠は、今度も梅之助さんの仕業だと決めつけて、怒りました。けれど、梅之助さんはやはり認めて、言い訳をしませんでした」

「庇うのはいいけれど、そこまでする必要があるかな」

「梅之助さんは、そうやって自分が悪いと繰り返すことで、友だちに本当のことを話して貰いたいと感じていたそうです。真実を明らかにするための嘘は大切だと、信じていたそうですよ。でも……」

美佳は首を振って、

「結局、本当に盗みをした子は正直に言うことはありませんでした。それどころか、『おまえが余計なことをするから、言い損ねたじゃないか。今更、名乗り出たら、もっと恥を掻くことになる。おまえはそうやって、俺を追い詰めたいだけだ、そうだろう。いい格好をしたいだけだろう』……そんなふうに責めたんです」

「酷い奴だ……」

「その盗みをした子は後に、ある商家に押し込んで、お縄になりました。何処でどうしているかは分かりませんが、梅之助さんの思いは伝わらなかった……悪いことをしていながら反省をしない、罪を償おうと思わない人間は、自分の罪すら人のせいにして、涼しい顔をしているんです」

「……」

「世の中には少なからず、そういう人がいるものです。身近にだっている……梅之助さんはそう言ってました」

「身近に、ねえ……」

そこまで話を聞いた錦は、不思議そうに美佳を見やった。初めてまともに正面から見たが、やはり美しいと感じた。しかし、それまでの感情とは違って、急に人として愛おしい感じに囚われた。

「どうして……どうして、美佳さんは、梅之助さんの子供の頃の話を知っているのです」

「え、ああ……」

ほんのわずか困惑したような目になったが、すぐに穏やかな笑みに戻って、

「梅之助さんがよく話しておりました。その友だちが盗人になったのは、自分のせいかもしれない。下手に庇ったりせず、きちんと悪いことは悪いと言うべきだったと悔やんでましたよ」

「へえ……梅之助さんて案外、いい奴じゃないですか。周りの人はみんな誤解して

るんじゃないのかな」

「ええ、立派な人だと思いますよ」

美佳は優しいまなざしを向けると、金箔の入った杯をそっと差し出した。錦は少し落ち着いた態度で、

「ありがたく承りましょう」

と少しふざけて言った。美佳も微笑みかけながら、冗談混じりに、

「裏を返してくれるのを楽しみにしておりますえ」

そう言って目を細めた。愛嬌のある表情を、錦は忘れられそうになかった。

ホッと一息ついたときである。

階下から、百合の金切り声が聞こえてきた。こういう雑駁《ざっぱく》なところが、大見世でもなく中見世でもなく、総半籬《そうはんまがき》の小見世であろう。籬とは、遊女と表通りを仕切る細い格子のことである。立派な見世は総籬で一面張りだが、『寒山楼』は下半分だけが籬という、いわば三番手くらいの遊郭であることを意味していた。

百合の声がキンキンと廓中に響き渡った。

「ええ！　お大尽の起こしですよ！　板橋のお大尽がお越しになりましたえ！　え

え、桃川さん！　聞こえてますか！」

同じ言葉を繰り返している。美佳は少しばかり眉間に皺を寄せて、

「構いませんわ、もう少し、ふたりで飲んでおりまひょ。でもね、錦之助さん……あんさんが一番の嘘つきやと思いますわ」

芝居がかって言われたので、錦はドキッとなり目を丸くした。だが、美佳はそれ以上は何も言わず、仄かな笑みを洩らしていた。

四

「アハハ。まさか錦先生、女のあなたまでが、美佳の毒に中るとは……これはこれは、大笑いだわいなあ」

幸右衛門がわざとらしく、見得を切るようにからかうと、錦はふて腐れた顔で、

「毒ってなんですか。あの人は、心根の綺麗な人です。だからこそ、梅之助さんも惚れたんじゃないのかなと、私もそんな気がしてきましたよ」

錦が半ばムキになって反論すると、幸右衛門はまだ笑いながら、

「まさか、先生……そっちの趣向があるのではありますまいな。もっとも、それはそれで結構ですがね」

「違います。私は人として……」

「ええ、分かります。けれど、惚れた腫れたというのは、真の世でするものです。吉原《なか》のことは夢の中と同じだ。遊女も芝居、客も芝居。ひとときの儚い恋の真似事をしているだけですよ」

　と断じた。

「梅之助の気持ちは分からないではありませんが、遊女との恋ほど高く付くものはない。金で済めばいいが、命と引き替えってこともありますからねえ」

　錦は薬種問屋『淡路屋』の奥座敷で、幸右衛門とふたりだけで話している。

「で、ご隠居にも聞いて貰いたいことがあるのですが……」

「なんなりと」

「私が遊郭に上がったとき、板橋のお大尽て人が訪ねて来たんです。目当ては、美佳さん」

「板橋のお大尽……？」

幸右衛門は訊き返すと、錦が説明した。

「なんでも、板橋宿は氷川神社近くに、とてつもなく広い地所を持っていて、大店や参道に並ぶ店に貸しているとか。何か商売をしているわけでもなく、大名や旗本屋敷の土地もあるし、寺社に参道の一部を貸していたりするとか……とにかく、本物のお大尽らしく、美佳さんを身請けすることに……」

豊島氏の頭領が、武蔵国一の宮氷川神社を勧請したのが起源で、素盞嗚尊《すさのおのみこと》、稲田《いなだ》姫命《ひめのみこと》を祀っている。

「氷川神社の近くには〝暴れ川〟と言われた石神井川が流れていたのですが、この神社のお陰で治まった……のは伝説で、実は板橋のお大尽って人が普請をしたらしいのです」

「ほう……」

「それほどのお大尽が、美佳さんを身請けするとのことなんです」

「『燕屋』の梅之助ではなくて……」

「ええ。勝手に梅之助さんが思っているだけのことで、美佳さんもそのつもりはないようです……本音はともかくとして」

「梅之助はただ遊ばれていると？」

「いいえ、ですから美佳さんは心底から、梅之助さんのことを人として信頼はしているようですが、色恋とはまた別で、やはり金が一番ってことでしょうか……私には、本当の恋だと話してはいましたが」

　錦が力を込めて話すと、幸右衛門はやはりからかうように、

「遊女よりも、先生の恋の話を聞きたいものだ……あ、いや、冗談ですよ。そんな目をしなくたって……で、そのお大尽とやらの名は何と？」

「板橋宿の源五郎《げんごろう》といえば、知らない人がいないとか。氷川神社やその参道の地所から、宿場もほとんどがこの人の土地らしいですからね」

「源五郎……虫みたいな名前なのに、大金持ちか……私は江戸府内はもとより、本所深川から江戸四宿まで詳しいつもりだが、その人のことは初耳だ」

「初耳……？」

　急に、錦は不安になったが、幸右衛門は平然とした顔で、

「世の中には、計り知れぬお大尽てのがいるものだからね。上には上が……」

「……」

「決して派手なことはしない。何度も洗い張りをしたような木綿の着物を着て、裏地にもまったく金をかけず、煙草入れや財布なども安物で済ませ、見栄を張って人に奢ったりせず、町内や組合の寄合への寄付なども最小で食い止める。とにかく、目立つことは避けて、知らぬ人が見れば平凡な人物になるよう心がける。そういう金持ちこそが、本当の金持ちなんです」

「本当の金持ち、ですか……」

どうも釈然としない顔で、錦は首を傾げたが、幸右衛門は続けて、

「でもね、本当に本当のお大尽とは、遊郭で遊び廻ることではなくて、黙って密かに貧しい人や恵まれない子供、病人などに慈善をする人だと思うてます」

「ご隠居のように、ですね」

「私はそこまでできません。食うのがやっとです」

と幸右衛門は言ったが、錦は冗談でしょうと返してから、続きを話した。

「源五郎というお大尽は、千両も出して、美佳さんを身請けするというのです」

「千両……それはまた大金ですな……」

さすがに幸右衛門も驚いた。身請け金にしては多すぎる。並みの女郎なら二十両

や三十両だが、花魁であっても三百両が相場であろう。しかし、それだけ積まれれば、遊郭としては喜んで出すに違いない。『寒山楼』には夕霧という売れっ子の花魁がいるから、美佳がいなくなったとしても、見世はそれほど困らないだろう。

源五郎には女房も子供もいないから、これから正式に夫妻として、ふつうに暮らしたいと願っているようだと、錦は話した。

「ところが、美佳さんの話では……源五郎さんに引かれるのは、本音の本音では、嫌らしいのです」

「そうなのですか……」

「ええ。座敷でお酒を少し飲みながら、話してくれました……なんだかんだと言っても、心の奥底では、やはり梅之助さんのことを好いているようなのです」

「……」

「妻子があることは承知しているけれど、日陰の身でもいいから、一緒にいることができればと考えているとか……もちろん、梅之助さんには板橋のお大尽に対抗して千両もの金を払えるわけがありません。万が一、『燕屋』の身代を継いだとしても、それだけの大金を払うのは無理でしょ」

「──私の倅なら、殴ってでも諦めさせますがね」

幸右衛門は淡々と自分の考えを述べた。

「そもそも人の売買だからね。御法度だ。梅之助も、遊郭に遊びに行ってる程度なら、勝手にすりゃいいだろうが、身請けするだの何だのとなったら、義父が出てくるのは当たり前のことだろうに」

「ならば、幸右衛門さん……『燕屋』をどうしたいのですか。馬鹿婿をどうにかしたいって、彦右衛門さんに頼まれたけれど、梅之助さんを諦めさせるのが一番でしょ」

錦がこの話を手伝ったのは、実は美佳が重い病なのではないか──と幸右衛門から聞いたからである。

「なのに、吉原から出ることもできず、医者を呼ぶこともできないから……でも、様子を見て分かりました。大変な病ではないと思います。病だとしたら、恋の病かと」

「……」

「でもね、ご隠居……人は、自分の都合のよいように思い考えるものなのです」

「うむ。私もそういう癖がありますな」

「そうではなくて、本当に自分が作った昔のことを、頭の中で信じているのです。私が平塚の女郎屋の倅だと言ったように、それが本当だと思い込むのです」

「──な、なんの話だね……先生も疲れているのかい」

心配そうに幸右衛門は錦を見つめ、

「実は私も……錦先生と似たような感じを抱いていてね、もしかすると、もしかするぞと思ってるんですよ」

「何が、どのように……」

「うむ。つまり、『燕屋』の主人・彦右衛門さんが案じているのは、こういうことだ」

茶を一口飲んでから、幸右衛門はおもむろに話した。

「──彦右衛門さんは、梅之助が遊郭通いをやめないので心配しているのではなく、本気になるのを恐れているんだよ」

「恐れて……？」

「ふたりが本気になって、心中でもしてみなさいな。それこそ、『燕屋』は闕所。

彦右衛門さんが一代で築き上げたお店《たな》の身代は、ぜんぶ取り上げられ、江戸払いにされるであろう。矢車問屋の株を取り上げられるだけではなく、自分の義理の息子を、きちんと躾けることもできなかったということで、無一文にされるんだ」

「なるほど……だから、手代がたった一両、盗んだだけでも、ピリピリしているのですね。ええ、奉行所で佐々木様から聞きました」

錦が言うと、幸右衛門は首を横に振り、

「それも、また話がちょっと違うんだ……封を切って小判を盗んだのは、手代ではなく、もちろん梅之助でもない……確たることは言えませんが、私は、主人の彦右衛門さん自身がやったことだと思っております」

唐突な幸右衛門の発言に、錦は意外な目になって、訝しげに見やった。

「彦右衛門さんが、わざと？……でも」

訊き返す錦に、幸右衛門はしかと大きく頷いて、

「梅之助が本気で、美佳に惚れているという話はちょいと横に置いておく……きちんと調べなきゃならないのは、彦右衛門さんの方なんです。それが『燕屋』にとって、とてつもなく大事なことなんですよ」

「彦右衛門さんが、何か悪いことでもしているというのですか」

「いや、彦右衛門さんは立派な商人です。先々のことも考えているし、いずれ婿の梅之助にきちんと店を継がせたいと思っている。だからこそ、つまらぬ女遊びは程々にさせておきたいのですよ」

　心配そうな顔になった錦だが、本題に入るという幸右衛門の様子を見て、黙って聞くしかなかった。

「この三年程で、『燕屋』からは、三十人余りの奉公人に暇が出されました」

「そんなに……」

「『燕屋』は矢車問屋ですから、奉公人ではないけれど、下請けで働いている人足は百人程おります。元々は三百人も抱える大所帯でした。ですが、大店でも無駄な金は削りたいということで、それまで奉公人に頼んでいた文や小さな荷物は、人足にやらせるようになりました」

「そうなのですね……」

「この御時世ですからな、給金が嵩む奉公人よりは、普請場や材木置き場のように、日限りの人足を雇った方が安く上がる。代わりは幾らでもいるし、給金が安くて済む」

「でしょうね……」

「その代わり、信用第一の商売に、色々な齟齬が出てくる。手当を貰ったまま逃げ出す輩は話にならぬが、きちんと『燕屋』の半纏を着て、屋号入りの箱を肩に抱えていたとしても、約束の日時に遅れたり、間違ったものを届けたりすることが続けば、店の信頼はガタ落ちです」

幸右衛門の口振りは、少しずつ熱気を帯びてきた。

「でも、彦右衛門さんはそこを改善しようとはせず、奉公人を減らし、仕事がいい加減な外の者だけを安く雇った。そのため、店の仕事がいい加減になったのに気づかず……いや知っているが、きちんと対処しようとせず、もう大変なところまで傾いてきている」

「──そうなのですか？　幸右衛門さんがそこまで言うのだから、確かなことでしょうが、私にはどうも……」

錦が曖昧に答えると、幸右衛門は己に言い聞かせるように、

「実は、此度の一件……つまり、『燕屋』を……いや、彦右衛門さんを立ち直らせ

たいと頼みに来たのは、娘婿の梅之助の方なんですよ」

　錦はびっくりして、訊き返した
「自分の無駄遣いや遊郭通いは棚の上に置いて、店の心配ですか……」

「梅之助の本音が何処にあるかはともかく、預かった帳簿の写しを見たところ、『燕屋』が危機に瀕しているのは事実です。そして、その裏には、『燕屋』の矢車問屋としての過ちがあるのです」

「過ち……？」

「その過ちを正すために、梅之助は何とかしようと思っている。私は、その思いをどうにかしたいと考えています」

　幸右衛門は梅之助を信頼しているからこそ、裏に何かあると察したようなのだ。

「そこで、私も佐々木の旦那に頼んで、『燕屋』のこと、特に主人の彦右衛門さんの身辺、もちろん梅之助の素行、また他に『燕屋』に関わりのある商家などを、徹底して調べて貰ってます。必ず、何か解決策が見つかるはずです」

「佐々木の旦那って……定町廻りが出てくるような事件があるのですか」

　不安を煽られた錦は、幸右衛門の真剣な顔を見ていて、ただの薬種問屋の隠居には見えなくなってきた。

「だから、まだ錦先生に手伝って貰いたいことがあるのです。遊郭の女たちのために」

幸右衛門の目が爛々と輝いた。だが、錦はなぜか冷静に見つめ返していた。

五

数日後、吉原の『寒山楼』には、またぞろ板橋のお大尽こと源五郎が登楼して、廓を揚げての宴会を開いていた。店を借り切ることを〝惣仕舞〟という。

この場に呼んでいるのは、源五郎の土地を借りている大店の旦那衆で、十数人をひとまとめにして遊女を付かせ、高膳には料理や酒がごっそりとあり、三味線や謡いなどを演じる芸者も一緒になっての大騒ぎである。

それを眺めながら煙管を吸う源五郎は、目を細めて悦に入っていた。五十絡みの脂ぎった顔で、無駄に肥っている腹を突き出すように仰け反って、上座で美佳をはべらせて気持ち良さそうに飲んでいた。

この日ばかりは、花魁の夕霧も控えめにしていたが、その表情は嫉妬が露わであった。それとは逆に、いつもは見世格子に暗い顔で並んでいる遊女たちも相伴に与って、楽しそうにしていた。

「さあさあ、パッとやっておくれよ。今日が限りの桃川だからね。みんなで祝っておくれ。長年の桃川の苦労を祝っておくれ」

と言いながら、源五郎が小判を塵でも捨てるようにばら撒くと、遊女たちは嬌声を上げて拾い集めた。

遊郭の二階は、花魁をはじめ散茶などの遊女の自分の部屋があり、簞笥や鏡台などが置かれてある。それは身分の高い女郎で、〝廻し〟と呼ばれた安女郎は、屏風だけで仕切った大広間で相手をしなければならない。

今日は襖や屏風を取っ払って、遊女がみんなで遊んでいるのだ。幇間の姿もあって、「子《こ》捕《と》ろ、子捕ろ」など禿《かむろ》を追いかける遊びに興じている。〝惣仕舞〟をする客などめったにいないから、遊女たちも新鮮だったのであろう。

「桃川さんは果報者だ」「ほんに幸せですねえ。羨ましい」「私たちもいい旦那が見つからないかしら」「あんたじゃ、無理無理」「だったら、あんたは絶対にあり得ない」

無礼講ゆえ、遊女たちは普段は味わえない勝手気儘な時を楽しんでいた。

だが、肝心の美佳は何となく心あらずで、ぼんやりと遊女たちの姿を眺めている。

「——どうした。楽しゅうないか」

隣の源五郎が声をかけると、美佳は首を振って微笑み返し、

「とんでもありません。嬉し過ぎて、なんと言っていいか、困っているくらいです」

「困ることないじゃないか。これは、今日までおまえを育ててくれた妓楼主や女将、遣り手などへの感謝のつもりだ。寂しい別れは嫌じゃないか。だから、おまえも一緒にたんと楽しんでおくれ」

「あい。宜しくお願い致します」

「他人行儀なことを……ささ、もう一杯」

源五郎が美佳に酒を注いで、

「で、どうなのだ。いつから、板橋の屋敷に来られる」

「……」

「色々と備えることもあろうが、この身ひとつで来てくれればよい。祝言もきちんと挙げる。一生、苦労はさせぬ」

「……」

「どうした。板橋が嫌ならば、浅草や上野でも構わないし、いや日本橋だって……」

何も答えない美佳を見つめて、源五郎は訝しげに首を傾げ、

「具合でも悪いのか？」

「いいえ……言いにくいのですが、身請けについては、もう少し考えさせてくれないでしょうか」

「なに？　どういうことだね」

わずかに不愉快な顔になったとき、片隅で芸者衆と一緒に飲んでいた百合が、

「何を勿体つけてるんだね。おまえはご主人や女将さんの苦労を忘れたのか。恩義を忘れたのか。こんないい話は二度とあり得ない。見世への恩返しのつもりで、しっかりお務めしなさい」

と酔った勢いを借りて、不調法に言った。主人や女将は無礼を咎めたが、謝った

のは百合ではなく、美佳だった。

「申し訳ありません、源五郎様……私は女郎ですから、この体は幾らでも金に換えても構いませんが……」

「――なんだ……」

「この身は売っても……胸の奥にしまっている……心までは売りたくないんです」

「こら！　お大尽に向かって、なんてことを、おまえは！」

今度は主人の久兵衛《きゅうべえ》が、怒鳴りつけようと立ち上がった。千両が水の泡になってはたまらないからであろうが、遊んでいた他の遊女たちも吃驚して静かになった。

しかし、源五郎は笑いながら落ち着いた声で、

「おいおい。今宵は無礼講だ。怒るな、怒るな……嫁に行くと決まっても、あれこれと不安になるものだ。なあ、桃川……こうして、男に媚びないところもいいじゃないか。私はおまえのすべてに惚れたのだよ」

「……」

「もう見世に出ることはない。すぐに私のところに来ることもない。親代わりの主人や女将に、せいぜい孝行をしておくのだね」

源五郎はしっかりと美佳の手を握りしめて、熱いまなざしで見つめた。

そのときである。

入り口から、幸右衛門と梅之助が入ってきて、禿に誘われるままに二階の大広間に上ってきた。その壮観な遊女たちの絵双紙《えぞうし》のような光景を見て佇んでいると、

「あ、今日は〝惣仕舞〟でして……」

と女将が追い返そうとした。そのとき、上座から源五郎が声をかけた。

「いいんだ、いいんだ。『燕屋』さんと『淡路屋』さんは、私が呼んだのです」

「さようでしたか……」

招き入れられた幸右衛門と梅之助は、源五郎の近くまで行って、軽く挨拶をした。

だが、梅之助の方は目も合わせず、ふて腐れた顔をしている。

「これは『淡路屋』のご隠居、ご無沙汰しております」

「いや、私はお会いしたことはありません」

キッパリと幸右衛門は答えた。

「ご子息なら分かってますでしょうが、板橋のお大尽というのは廓だけで分かる通り名でしてな、『上州屋』源五郎……といいます。元々は金貸しですわい」

源五郎は幸右衛門に酒杯を勧めながら、

「商人は信用が第一。そのためには、『淡路屋』さんのような立派な大店とお付き合いするのが一番なんです」

「……」

「みんなよく聞いておきなさいよ。たとえ少額であっても、金は薬種問屋に預けておくのが一番確かだ。自分の蔵や手文庫に置いていたものは、盗まれたり燃えたりしたら終わりだからな。仮に盗まれても、両替商ならそれを保証してくれる……と思ってるでしょう。でも違うんだ。商売の中身よりも、信頼できる人、『淡路屋』さんのような人に預けておいて、運用して貰うのがよいのだよ」

遊女たちは、聞くでもなく聞いている。

「しかしな、薬種問屋に預けたところで、金貸しじゃないから、利子なんぞつかん。あくまでも安心のためだ。でも、『淡路屋』さんでは預けた金に利子がつく。信頼という利子だ。ハハハ、嬉しいねえ」

「私はもう隠居の身ですが、倅があなたと付き合いがあるとは知りませんでした」

もう一度、幸右衛門は初対面の人だと言ってから、

「それより、『燕屋』とは親戚筋ということで……この梅之助のことで話がちょっと」

「今は廓を挙げて遊んでいるのだから、野暮な話はまたにして下さい」

なぜか源五郎は止めたが、

「いや。こうして、大勢さんがいるからこそ、話しておきたいことがあるんです」

と幸右衛門の通る声が、だだっ広い座敷に太鼓のように鳴り響いた。

「源五郎さんとやら、梅之助と行く末を誓った桃川……いや美佳を、トンビが攫っていくような真似を、どうしてするのですか。いい女ならば、他に幾らでもいるではないですか」

「攫う……私が……」

「ええ。梅之助と美佳は惚れ合っていて、三百両で妓楼主の久兵衛さんとも話がついているはずです。そうでしたな」

矛先を向けられた久兵衛は、曖昧に返事をしたが、意を決したように座り直して、

「たしかに、初めはそういう話でしたが、肝心の身請け金が未だに頂けていません。何度か催促しましたが、梅之助さんからは、もう少し待ってくれの一点張り。そう

こうするうちに、前々から、美佳のことを大切に可愛がってくれていた板橋のお大尽から、此度の話が持ち上がったのでございます」

と、虎の威を借る狐のような態度で言った。

「つまりは金に目が眩んだのですな」

「言葉を慎んで下さいな、ご隠居。あなたもうちも含めて吉原では随分と遊んでくれたから、よう分かっているんでしょう」

「先代は、そんな風なことを言う人ではなかったけれどねえ、寒山拾得の仲だから」

幸右衛門が遮ったが、久兵衛は忌々しい顔つきで続けた。

「遊女は元手がかかっているんですよ。売り買いすると言えば語弊があるが、教養や芸事をこれだけ身につけてやり、美しさにも磨きをかけてやったのは、すべてお大尽のような人に身を引いて貰うためではありませんか」

「つまり、相場で言えば、お株が上がったということか」

「まあ、そういうことです。淡路屋さんだって、問屋株の売り買いや先物取引をしてるではありませんか」

「株と人とは違うと思いますがな……まあ、あんたの理屈はいい」

幸右衛門は毅然と制して、源五郎にジロリと目を向けた。

「綺麗事を言っても、借金の形に女を働かせて、それで儲けてるのは間違いない。金蔓にするだけして、用なしになったら売り飛ばす。しかも高い方になびく。これが人情だ。そこに、あんたが金に糸目も付けず、奪いにきた。つまりは銭金だけのことだ」

「……」

「だがね……この梅之助もそうだが、何より美佳に感情がある。これまで長年、働いてきたのだから、その気持ちを大切にしてやろうという計らいはありませんか」

「ならば、金で女を買ってたあんたは何だ」

「ですから、金で済むときと、そうではないときがあると言っているのです」

「なんですと……？」

「今宵一晩なら、美佳もあんたに体を預けるかもしれません。ですが、一生はいやだ。真の気持ちはないから、一緒になんぞ暮らしたくないと言ってるんじゃないですかな」

「いや、美佳は本気で……！」

「廓の寝物語は嘘が前提ではないですか。それを知らない源五郎さんじゃありますまい。ここは潔く、諦めてくれませんかね」

幸右衛門が強引に迫ったとき、それまで我慢をしたように黙っていた梅之助が、羽織の袖の中から、切餅をふたつ取り出して、久兵衛の前に差し出した。

「――何の真似ですかな……」

「俺が美佳を身請けする。これまで少しずつ出したのと含めて、これで三百両になるはずだ。だから、俺が貰い受ける」

「話になりませんな」

久兵衛が五十両を突っ返したとき、美佳の方が前のめりになって、

「梅之助さん……それはダメです。気持ちはたしかに、梅之助さんにありますが、所詮、遊女は売り買いをされるもの……もうこれ以上、あなたに迷惑はかけたくないから、私は……我慢致します」

そう言ってさめざめと泣いた。

鼻白んだ顔で美佳の横顔を見ていた源五郎は、ゆっくりと立ち上がると、

「そうかい……そこまで、梅之助と惚れ合ってるのなら、好きにしたらいい。何も我慢なんぞすることはない……今日の宴は、梅之助さんと美佳の祝言の前祝いということにしましょう……これで『燕屋』さんも安泰でしょう。自分の女房よりも、こんな遊女にそれこそ本気で入れ上げている跡取りがいるのですからな」

皮肉でそう言って立ち去ろうとした。

「お待ち下さい、旦那様……」

思わず追いすがろうとする美佳を押しやると、顔も見ないで、

「せいぜい幸せになるがいい」

と言い捨てて源五郎は立ち去った。

さっきまでの陽気な宴会が嘘のように静かになって、重く空気が淀んだ。慌てて久兵衛は源五郎を追いかけて、

「お待ち下さい。短慮はおやめ下さい」

などと必死に引き止めようとしている声だけが聞こえていた。

六

江戸市中は町ごとに木戸があり、夜の四つになると閉じられる。寝ずの番がいるわけではない。真夜中に病人などが出れば、通るのが大変なので、潜り戸だけは開け閉めができるようにしている所もある。

盗賊が出たときなどには、威力を発揮するものの、身軽な者は屋根伝いに逃げるので木戸はあまり意味がない。それよりも、網の目のように張り巡らされている掘割は、夜中でも繋がっているので、船を使えば意外と自由に往来ができる。もっとも、橋番所には寝ずの番がいるので、不審な船はすぐに見つかってしまう。

雪がちらつく寒い夜——。

北町の佐々木と岡っ引の嵐山が駆けて来て、二八蕎麦屋の屋台にぶつかった。

「うわっ。いててて……！」

屋台ごと転がって怪我をした蕎麦屋のことなど構わず、辺りを見廻しながら、でっぷりとした嵐山が問いかけた。

「おい。怪しい奴が来ただろう。どっちへ行きやがった」

「いいえ、誰も……何なんですか。俺は足が、ああ、いてて……」

倒れたままの蕎麦屋に、切羽詰まった声で、佐々木が付け加えた。

「吉原で刃傷沙汰があってな、妓楼主を刺して逃げた男がいるのだ」

「ええっ！」

「まだ、その辺りをうろついているに違いない。何かあったら、番屋に報せるんだ」

と言って駆け去ろうとすると、路地からぶらりと清野真太郎が出てきた。出会い頭に嵐山がぶつかりそうになったが、真太郎は素早くよけて、

「おっと、危ないなあ」

「てめえこそッ」

嵐山が摑みかかろうとすると、

「なんだ……清野の旦那か……こんな所で何をしてるんだ」

と手を緩めた途端、真太郎は軽く足をかけてきた。嵐山はたたらを踏んで掘割に落ちた。

「何をするんだ、真太郎。頭でもおかしくなったのかッ」

佐々木が腰の刀に手を掛けると、間髪を容れず真太郎は抜刀して、その目の前に切っ先を向けた。喉元一寸のところで刃が光っている。そして、佐々木の方は柄に手をかけたまま、鯉口すら切れないでいた。

「な、なんだ……おまえ……一体、何だというのだ……」

掘割の中では、嵐山が「冷てえ！」と叫びながら藻掻いている。

「水不足で掘割は足が着くはずだぜ、嵐山親分」

真太郎はそう言いながらも、佐々木の目をじっと睨みつけていた。

「な、なんだ……」

俄に額に汗をかいている佐々木に、真太郎は切っ先を突きつけたまま言った。

「何処の妓楼の主が、誰に刺されたって？」

「聞いてたのか……」

「臨時廻りとして、手を貸したいと思ってね」

「おまえ、刀を突きつけて、どういう了見だ……只じゃ済まぬぞ」

「いいから、教えて下さいな。定町廻りの誰もが教えてくれないんだよ。佐々木様が何を調べているかってことを」

「めちゃくちゃ言うな……」

「どうなんです」

真太郎が刀を握り直すと、

「やめろ……吉原の『寒山楼』という妓楼の主が刺されたのだ」

「誰に……」

「矢車問屋『燕屋』の婿で……梅之助という奴らしい……遊女の身請けのことで揉めて、刺して逃げたということだ」

「梅之助……」

「こいつは、ろくでもない婿で、店の金を勝手に使い込んでたような奴だ。俺も立ち会ったことがあるが……遊女にはかなり注ぎ込んだらしく、でも詳しくは知らぬが、妓楼主と揉めたとか……」

「いつのことです」

「今宵、訪ねて来たらしく、身請け金を渡したらしいのだが、折り合わず……」

「今宵の何時のことだ」

「半刻程前のことだ……何を訊きたいんだ」

「今から半刻前なら、梅之助のせいじゃねえな」

「えっ？　なんで……おまえ、何か知っているのか」

真太郎はゆっくりと刀を引いて鞘に収めると、

「知ってるもなにも、日が暮れる前から、ずっと俺と一緒にいて、今『燕屋』の前で別れたばかりだ」

「――ええっ。本当か……」

「他にも一緒だった者がいる。日本橋の薬種問屋『淡路屋』のご隠居の幸右衛門さん、そして〝はちきん先生〟だよ」

「そ、そうなのか……だが、どうして梅之助なんかと飲んで……」

訝しむ佐々木に、真太郎は訳が分かったふうに頷きながら、

「なるほどな……佐々木様も色々と調べてたけど、奴にハメられたってわけだ」

「なに……？」

「梅之助を下手人に仕立てたい奴が、町方同心のあんたを利用したかっただけだ。もう一度、『寒山楼』に行って、篤と調べてみることだな。特に、妓楼主・久兵衛

の傷がどんな塩梅か、きちんと調べることだ」

「ど、どういうことだ……」

「調べりゃすぐに分かる」

真太郎が軽く刀に手を添えると、

「分かった……調べ直してみるが……おまえ、何のためにこんな大袈裟ことを……」

「口で言っても分からないからですよ、いつもあなたは」

「……おい、嵐山、くそ寒い中で、いつまで水の中で遊んでるんだ。とっとと上がれ」

と佐々木は苛ついて怒鳴った。

その頃――。

『燕屋』では、手代の仁之吉に手引きでもされるように入ってきた梅之助を、彦右衛門が待ち受けていた。銅像のように縁側に立っていたその姿を見て、仁之吉がヒッと声を上げた。

「疚しいことをしているから、人影を見て驚くのです」

「あ、いえ、私は……」

仁之吉が言い訳をしようとすると、彦右衛門は厳しい口調で、

「おまえは下がっておりなさい。梅之助に話がある。今日こそ、はっきりとさせようじゃないか。これまでのこともッ」

「……」

梅之助は申し訳なさそうに腰を低くして、頭を下げたが彦右衛門は鼻で笑って、

「そうやって殊勝な顔をしたり、謙《へりくだ》ったりしていたが、すべて私を欺くため……お松をたらし込んだのも、金のため。そろそろ化けの皮を剝いでやりましょう」

「化けの皮……ですか」

「おまえが、こそこそ何かを嗅ぎ廻っているのを、気づいていないとでも思っているのかね。仁之吉を味方につけているつもりだろうが、番頭は私に忠実だし、他の手代らも『燕屋』のためなら、命を惜しまぬくらいに尽くしてくれる。おまえとはデキが違うのです」

「……」

「たかが人足のおまえを、手代として雇ったのが、そもそもの間違いだった。お松

も男を見る目がなかったというわけだ」

「散々な言われようですねえ」

「惚けるな。おまえは初めから、この店の身代を乗っ取るつもりで、お松に近づいた。世間知らずのお松は、見かけだけでおまえに惚れたが、私の目は誤魔化せぬ。睨んだとおり、店の金を勝手に使いまくり、仁之吉を使って帳簿を誤魔化し、涼しい顔をしてやがった……飼い犬に嚙まれるとは、このことですよ」

忌々しげに梅之助を見下ろす彦右衛門の顔は、鬼の形相だった。

「吉原の『寒山楼』では、大見得を切ったそうじゃないか。女郎を身請けする三百両、一体、どこで手に入れたんだい」

「……」

「帳簿を克明に調べてみたが、十両や二十両ならまだしも、そんな大金を誤魔化しようがない。だが、巧みに帳尻を合わせている。さあ、どういうカラクリでやったのか、きっちり話して貰おうか」

中庭に座り込んだ梅之助に、縁側から彦右衛門は吐き捨てるように言った。

「さあ！　言ってみなさい！」

「……人に借りました」

「嘘をつくな。そんな大金、おまえなんぞに貸す腑抜けがいるものか。人様から預かった金をネコババしたのか。それとも、押し込みでも働いたかッ」

「金なんか、何処ででも調達できますよ。『燕屋』の看板があるのですから」

「やはり、この店を狙っているのか……それとも『燕屋』を担保にでもしたか」

「いいえ」

「空々しい。娘まで奪って、身代まで取り上げようとは、まったく恐ろしい男だ。どんな言い訳をしようともうお終いだ。女房を持ちながら、遊女を身請けしようなんていう魂胆は、私が許さない。とっとと出て行けッ」

打ち震えながら大声を張り上げたとき、寝間からそっと出てきて様子を見ていたお松の姿に、梅之助は気がついた。その視線に、彦右衛門も勘づいて、

「女の出る所ではない。引っ込んでおれ」

と強く言うと、梅之助はいきなり土下座をして、

「旦那様……申し訳ありませんでした……このとおりです」

「泣き落としはいいッ。出て行けと言ってるんだ」

「はい。今すぐ店を出ます。その前に、一言だけ、お許し下さい」

彦右衛門は「黙りやがれ」と怒鳴ったが、梅之助は半ば強引に続けた。

「お義父さんはこれまでも、こうやって奉公人を減らしてきました……ちょっとした欠点をあげつらい、無能扱いし、結果だけをすぐ求め、駄目な奴は追い出す」

「なんだと……」

「仁之吉だって小判なんぞ盗んでいない。だけど、そういう失態を町方役人の前で責め立てて、店にいられないようにしようとした。そんなふうに、お義父さんは人を人とも思わずに扱ってきた」

「何の話だ。私はそんなこと一度たりともしたことはないぞ」

「いいえ。私たち奉公人は、雨の日も風の日も、文句のひとつも言わず、足が腫れようが棒になろうが走り廻っていました」

「それが仕事ではないか」

「でも、私たちは牛馬ではない。草鞋を履き替えて、飯を食わなきゃ走ることもできない。だけど、みんな我慢して、ギリギリのところで、自腹を切ったりしながら、なんとか必死に働いていた。下請けだってそうだ。『燕屋』から仕事を得ていたいという一心だけからです」

「……」

「なのに、あなたは奉公人すら、下請け扱いで、事故や怪我、病気などをしても、何の面倒も見ないような仕組みにしていた。そのために、病に冒されて倒れた奴は、まさに犬死になりました」

「何が言いたい」

「きちんと正式に奉公させず、いつでも首を切れるようにして、使うだけ使って、体が使い物にならなくなったら、切り捨てた。時には、人を無能扱い、ダメ人間と決めつけて、死に追いやったこともあるではないですか。私は……そんなことは、やめて欲しいと願っていただけだ」

「おい……綺麗事を言って、居座るつもりかい……うちのやり方を、おまえごときに非難される謂われはない。悔しかったら、おまえが当主になって、改めたらよかった話だ。それを、女郎にうつつをぬかして、片腹痛いわいッ」

「今まで、打ち捨ててきた人たちのことを、雀の涙ほどの安い賃金で雇ってきたことを、何とも思わないのですか」

「嫌なら辞めればよい。それだけだ。下らん。自分の能なしを棚に上げて、文句ばかり言う輩が増えて、困ったもんだ。さあ、出て行けと言っているのが分からんのか！」

彦右衛門が縁側の片隅にある心張り棒を掴んで振り上げると、思わずお松が縁側から駆け下りて、梅之助の前に一緒になって座った。そして、凜とした目で父親を見上げて、

「お願いです。どうか、後少し……もう少しだけ、梅之助さんを置いてやって下さいませんか、お父様」

「血迷ったか、お松……」

「私のお腹には、やや子がおりますッ」

「えッ……出鱈目を言うな。そんな嘘をついても、聞く耳は持たんぞッ」

声を荒らげたとき、何処にいたのか、お松の背後に――錦が近づいてきて、

「番所医の八田錦です……本当に娘さんは妊娠しております」

「えっ……」

「あなたの孫です……信じてあげて下さい」

錦が庇うように言うと、お松も涙ながらに必死に訴えた。

「どうか、どうか。このお腹の子のためにも、今しばらく……きちんと話せば、梅之助さんの思いが必ず分かると思います。ですから、お願いです。どうか……」

今まで一度も、口答えどころか、自分の意見すら言ったことのないお松である。

なのに目の色を変えて亭主を庇っている。彦右衛門はそれでも怒りは治まらなかったが、あまりにも必死な娘の姿に、振り上げていた棒を静かに下ろすのだった。

「——申し訳ありません……」

梅之助も額を地面に擦りつけるように、深々と頭を下げた。

七

『燕屋』彦右衛門に北町奉行所から、呼び出しがかかったのは、その数日後のことだった。差し紙に理由は書かれていないが、異議申し立てをするにしても、奉行所に出向いて述べるのが慣例である。

北町奉行の遠山左衛門尉は、名奉行との評判で、〝天保の改革〟の立役者のひとりである。だが、老中首座の水野忠邦や南町奉行の鳥居耀蔵《とりいようぞう》とは違って、反幕府分子への弾圧や、絵双紙や芝居などでの幕府批判に対しても容赦なく取り締まることはなかった。

いきなりお白洲に通された彦右衛門は、一体何の咎で調べられるのか、さっぱり思い当たる節はなかった。しかも、ふつうならば、吟味方与力によって大番屋か奉行所の詮議所で、〝予審〟があって、何らかの疑いが深まれば、お白洲に呼ばれる。彦右衛門の不安は絶頂に達していた。

奥襖が開いて、壇上に裃姿の遠山奉行が現れるまで、彦右衛門は平伏して待っていた。

「――面《おもて》を上げい」

張りのある重厚な声に、彦右衛門は肩を震わせながら顔を上げた。

「矢車問屋『燕屋』の主人、彦右衛門に相違ないな」

「はい。間違いありません」

「今日、呼んだのは他でもない。おぬしに対して、報酬の未払いにつき、百件余りの訴えが出ておる」

「み、未払い……？」

「さよう。おぬしが雇った〝矢車人足〟たちからのものだ。何度も『燕屋』には口頭や書面にて訴えたというが、さよう相違ないか」

「お待ち下さいませ。これまで何件か、そのような要求はありましたが、私どもは約定に則って、きちんと支払っております。まさに、これは誹謗中傷。誰かの悪戯でございましょう」

「悪戯ではない」

「ならば、一体、誰が訴え出たのか、お教え願えますか」

「それをやれば、またぞろおぬしが強引な手で脅しにかかるゆえ、まだ話せぬ」

「そ、そんな馬鹿な……」

彦右衛門は謂われのないことだと、怒りを露わにして、

「お奉行様はご存じかどうか知りませんが、私ども矢車問屋は、何か物を作るわけでも、金貸しのように利子で儲けるわけでもありません。人様のものを預かって、人様のもとへ届けるのが商いでございます」

「……」

「つまりは、お客様の代わりに用をこなしているのですから、預かったものは大切に扱わねばなりません。ですから、人足というのは、何よりも信頼できる人間でないと務まりません。預かった大事なものを失くされたら、それこそ大変なことになりますから」

一気呵成に喋った。だが、遠山は黙って目を細めたまま聞いているだけだ。もっと述べよと言っているようにも見える。彦右衛門はここぞとばかりに、自分には非はないと訴えた。

「そもそも、私自身が大八車の人足から始めたのでございます。まだ若く、ひたむきに生きておりましたから、精一杯頑張りました。人様よりも少しでも早く、正しく届けることが自分に課した使命でした」

「うむ。働き者であったことは、娘より聞き及んでおる」

「お松が……お松が、何と？」

「昔の父は人から好かれており、信用第一に商いをしていたから、決して人様に後ろ指をさされるようなことはするな。誤解を招くようなこともするな……そう教えられたと申しておったぞ」

いつ娘が遠山に話したのか知らないが、自分に報されていなかったことに、彦右衛門は疑念を抱いた。梅之助だけではなく、娘にも裏切られた感情を抱いた。

その内心を見抜いたのか、遠山は淡々とではあるが、責めるように言った。

「おまえが信用第一というならば、働いた者に対して約束の金は払ってやれ。そして、一方的に首を切るのはやめるがよい」

「で……ですから、それはお奉行様の誤解です……訴え出た奴らの話ばかり聞かないで、私の話も……」

「だから、聞いてやっておるではないかッ」

遠山はわずかだが不機嫌な顔つきになって、苛ついた声で、

「お白洲に呼んだ、この遠山が悪いと言うのか」

「いいえ。決してそのようなことは……みじんも思っておりません」

「ならば、正直に答えよ。証拠は出揃っておるのだ」

目配せをすると蹲《つくば》い同心が、文箱を運んできて、彦右衛門の前に置いた。

「中のものを見てみるがよい」

彦右衛門は丁寧に文箱を開けて、覗き込むように見ていると、遠山が続けた。

「おまえが未払いにしたことによって、儲けた店の利益だ」

「これは……一体、誰が……」

「婿の梅之助だ」

「⁉――」

「当人の話によれば、その帳簿を得るために婿入りしたといっても過言ではない……とのことだ。むろん、お松も承知していたらしい。つまりは、娘と義理の息子が先導して、おまえの不正を暴こうとしたということだ」

「まさか、そんな……」

愕然となった彦右衛門は悔しさや苛立ちよりも、悲しみの方が強くなってきた。これまで娘たちに尽くしてきたことが、何にもなっていないのかと、惨めにさえ思えた。

「梅之助が……けしかけたのですな……」

「いや。むしろ、お松の方だ。梅之助は、いち人足に過ぎなかったが、ちょっとした失敗を理由に、賃金は払わずにお払い箱になるところであった。それでは、あまりに酷いと、常々、お松は思っていたようだ」

「優しい子ではないか……普通ならば、蝶よ花よと育てられた娘なら、人足のことなど考えるものか。そういう弱い者のことへ思いを寄せる娘は、凡庸ではない」

遠山の声に感情は乏しいが、彦右衛門に対して、強く反省を強いていることは、端から見ていてもよく分かった。だが、彦右衛門自身は、理不尽な責めを受けていると思っているようで、頬が醜く歪むほど歯嚙みしている。

「……お奉行、これは私を貶《おとし》めるための罠です」

「大袈裟よのう、『燕屋』。これはただ、息子と娘が、おまえのやり方に呆れ返ったから、身内から正そうとしただけだ」

「お待ち下さい……」

縋るように彦右衛門は、遠山を見上げた。

「婿の梅之助という男は、遊郭の女に入れ上げて、店の金を盗んだり、借金をしてまで、注ぎ込んでいた奴なんです。商売のことなんぞ顧みもせず、ただただ遊興のために……」

「それが間違いだ、『燕屋』」

「いいえ。お奉行様が何と言われようと、私はこの吟味は納得がいきませぬ！」

憤然と言うと、遠山はふうっと溜息をついて、

「ならば、仕方があるまい……おぬしには、もっと重い罪を背負って貰わねばならぬな……せっかく、娘夫婦が嘆願書を手に、この出入り筋の解決と引き替えに、父親の罪は赦してくれと訴えてきたのだがな」

「私の罪、ですと？」

遠山はしかと頷くと、今度は佐々木が入ってきた。いつもの黒羽織姿である。

「——佐々木様……」

思わず名前を言った彦右衛門に、遠山が少し声を強めて、

「この同心も少々、阿漕な手口をよく使うが……おまえに袖の下を握らされて、奉公人をちょっとした咎人にして、店を辞めさせるための〝下拵え〟をさせられていたとか。お上に睨まれたというだけで、店の信頼がなくなる。だから、おまえは辞めろと強要した。仁之吉にもそうし向けようとした」

「……」

「そして、梅之助に至っては、桃川という遊女に入れ上げていると〝勘違い〟した

おまえは、板橋の源五郎なる者に頼んで、身請け争いをさせて、梅之助の身を持ち崩そうとした」

「勘違い……？」

「にも拘わらず、おまえは……源五郎が手を引いた途端、妓楼主の久兵衛を、まるで梅之助が腹いせにやったかのように見せかけて、傷つけた」

「いや、あれは……」

思わず口から洩れた言葉に、遠山はすぐさま食らいついた。

「あれは何だ。語るに落ちたか、彦右衛門」

「……」

「だが、安心せい。おまえは、久兵衛に金を握らせて、梅之助にやられたふりをしろと命じただけだ……そこの佐々木が改めて調べたところ、久兵衛に怪我はなかった。だが、彦右衛門……おぬしは久兵衛に頼んで、梅之助を陥れ、店から追い出そうとしたのであろうッ」

最後の方は、遠山の声にも力が入った。

「此度の一件には、ずっと『淡路屋』幸右衛門なる者が探りを入れていた……らしい」

遠山と幸右衛門がどのような仲かは分からないが、含みのある言い草で、

「おまえは大量に人を雇って、その中で使える者だけを残す。それは、良識ある雇い主ならば、やってはならぬことだ。そして、心身が消耗して働くことができないくらい、過酷なことをさせて、自ら辞めるようにし向ける。つまりは使い捨てだ。それでも頑張っている者に対しては、性格が悪いだの無能だのと繰り返し責めて、逃げたくなるようにし向ける」

「……」

「おぬし自身が、人を刃物で傷つけなかったのは幸いだった……どうだ。この際、隠居をして、梅之助とお松夫婦に任せてみぬか」

その提案は呑みたくはない。だが、この場では、そうするしかないと彦右衛門は判断をしたのか、渋々と頷いた。

「まことか」

「あ、はい……」

「ならば、一筆書いて貰おう。これは、この遠山とおまえの約束だ」

「お奉行様との……」

「後は、梅之助がこれまでの人足に対する報酬や雇い直しも含めて善処しよう……なにしろ色々と借財があるようだからな。必死になって、やるのではないか？」

そう言い切ると、遠山は初めて目尻を下げて微笑を浮かべた。

「おまえの代わりなんざ幾らでもいる……そう言って人足を虐めていたようだが、娘や婿の代わりはおらぬぞ」

「はい……そうでございますね」

「番所医から聞いたが、娘は孫を宿しており、まだ安定はしておらぬ時期ゆえ、余計な心配事などはなくして、すくすくと育てる母体を整えよとのこと。篤と心得よ」

念を押されて、彦右衛門はがっくりと両肩を落とした。

そして、お白洲の砂利の上に手をついて、深い溜息をついた。その彦右衛門に、蹲い同心がきちんと、

『隠居して店の一切を梅之助に任せる』

という旨を一筆書かせ、それに遠山が署名するや、「一件落着」と立ち去った。

全身の力が抜けて、しばらく俯いたままだった彦右衛門がゆっくり顔を上げると、町人溜まりの方で、梅之助とお松が待っていた。ふたりの顔には何のわだかまりもなかった。

「お父様……これで、いいですね」

「……」

何も答えられず、手を膝に突きながら立ち上がると、壇上の控えの間に目が止まった。格子窓越しに、お白洲の方を見ている人影があった。それが、錦であることを、彦右衛門は知る由もなかったが、なぜか「ありがとう」と口の中で呟いた。

これで『燕屋』の台所は持ち直すかもしれない。正直なところホッとしている彦右衛門であった。そして、行く手で待っている梅之助とお松に、何と声をかけたらよいか戸惑いながら、ゆっくりと歩き始めた。

それから、わずか二月ばかりで、お松のお腹は緩やかな膨らみを持つようになった。

錦はたまに訪れて様子を看ているが、〝がはは先生〟こと山本宝真の診療所で働いている産婆の千鶴羽を紹介した。

彦右衛門も顔つきが穏やかに変わって、縁側で日向ぼっこをするようになった。極寒の冬も終わり、春の兆しが広がる庭を眺めている毎日だが、それでもまだ、

「どうも、おまえは要領が悪いねえ。駄目だぞ、そんなことじゃ」

などと梅之助に文句を投げかけていた。それでも和やかな雰囲気が漂っていて、人足たちにも余裕ができたのか、店の中も以前とは変わって穏やかな様子だった。

錦も安心して眺めていると――。

「先生。お茶でもどうぞ」

と店の隅から声がかかった。振り返ると、愛嬌のある小柄な娘が手招きしている。初めて見る顔だが、奉公人らしく着物に襷掛けをしている。

「その節はお世話になりました……錦之助さん」

「え……？」

「桃川です……美佳です」

「――えっ……ええ⁉」

錦は驚きを隠せなかった。ニッコリと笑う娘はたしかに美佳と名乗ったが、妓楼で会って杯を少し交わした遊女とは、まったく違う顔だちだった。白粉の化粧がないから当たり前とはいえ、別人である。しかも、もっと大柄な女に見えていた。

「嘘でしょ……え、どういうこと？」

「こういうことです」

「まさか、梅之助さんはお松さんと一緒に、お妾さんをここに囲って……」

「違いますよ」

「では、お松さんには内緒で、奉公を……」

「それも違いますよ。先生って意外とそそっかしいのですね」

何が可笑しいのか「ふふっ」と笑ってから、美佳は言った。

「ああいう場所にいますとね、鼻が利くようになるんです。しかも、女の匂いに慣れているから、先生と一緒にいると女だって、すぐに分かりましたよ。それに、体に染み着いているのかしらね、薬臭いから、お医者様かもって思いました」

錦は一瞬、「あんさんが一番の嘘つきやと思いますわ」と言って微笑んだ美佳の顔を思い出した。

「――でも……」

戸惑いを隠しきれない錦に、美佳は茶を差し出して、

「覚えてるかしら。あのとき、梅之助さんの子供の頃の話をしたでしょ。ぜんぶ、私も見ていたことなんです」

「……そうなの？」

「私はあんちゃん……梅之助のひとつ年下の妹なんです。二親に死なれて別々の養親に引き取られて、生き別れ……何処で知ったのか、あんちゃんは『寒山楼』まで訪ねてきてくれました。十数年ぶりの再会……」

「……」

「それから、あんちゃんは色々と工面して私を〝身請け〟しようとしてくれたのだけれど……それを、お松さんにも言えなくて、お義父さんとか、みんなに誤解されてたみたい」

「だったら正直に……」

「話しても誰も本当だとは思ってくれませんよ。でもね、お松さんだけは信じてた

って」

「じゃ、あのとき、本当に好きだと話してたのは……」

「私、小さい頃、あんちゃんのお嫁さんになりたいって思ってたもの」

うふふと屈託のない笑みを浮かべて、美佳は、仲良くしている梅之助とお松を穏やかなまなざしで見やった。

「こうして〝身請け〟してくれて嬉しい。心から感謝している……板橋のお大尽は、案の定、騙りでね。『寒山楼』の主人や女将さんたちも、ガッカリしてました。揚げ代や飲み代も踏み倒されたって。あはは」

「そうなの……それは残念、ううん。あなたにとっては良かったわね」

「ええ。私も騙されるところだった。でも、遊女屋であんちゃんに会って話したとき、思ったんです……やっぱり偽物の恋はやめようって……」

美佳は深々と頭を下げると、

「これからも、お義姉《ねえ》さんのことを宜しくお願いしますね。私の大事な甥っ子がお腹にいますから」

「あら、男だってことはまだ……」

「姪っ子かもしれませんけどね、ふたりはまずは跡継ぎが欲しいって、ふふ」

楽しそうに笑って、美佳は梅之助たちの方へ駆け寄っていった。

騙されたような、それでいて心地良いような気持ちになって、錦は表通りに出た。

少しずつ暖かくなり、空も明るくなってきたようだ。人々の足取りも軽く感じる。

爽やかな春風を受けて、錦は背伸びをしながら、まだ見ぬ自分の恋も芽生えてきたような気がした。

この作品は書き下ろしです。

幻冬舎時代小説文庫

●好評既刊
商人殺し
はぐれ武士・松永九郎兵衛
小杉健治

浪人の九郎兵衛は商人を殺した疑いで捕まるも身に覚えがない。否定し続けてふた月、真の下手人が見つかるが……。腕が立ち、義理堅い一匹狼がその剣で江戸の悪事を白日の下に晒す新シリーズ。

●好評既刊
吾亦紅《われもこう》
小鳥神社奇譚
篠 綾子

小鳥神社で「虫聞きの会」が開かれるが、宴の最中に医者の泰山が気になることを口にする。江戸で不眠に苦しむ患者が増えているというのだ。流行り病か、それとも怪異か——。シリーズ第六弾。

●好評既刊
新・剣客春秋 吠える剣狼
鳥羽 亮

稽古帰りの門弟が何者かに斬られる事件が続発し、門弟が激減した千坂道場。道場主の彦四郎が始めた執念の探索で炙りだされた下手人、呆れるばかりの犯行理由とは？ シリーズ幕開けの第一弾！

●好評既刊
せきれいの詩《うた》
村木 嵐

浪人となった松平陸ノ介は幼馴染と仲睦まじく暮らしていたが、尾張藩主である長兄・徳川慶勝に請われ家士となる。藩内の粛清を行う陸ノ介。一方、弟の松平容保は朝敵の汚名を被り一路会津へ。

●好評既刊
江戸美人捕物帳
入舟長屋のおみわ 紅葉の家
山本巧次

長屋を仕切るお美羽が家主から依頼を受けた。隠居のために買った家をより高い額を払ってまで手にしたがる商人がいて、その理由を探ってほしいという——跳ね返り娘が突っ走る時代ミステリー。

番所医《ばんしょい》はちきん先生《せんせい》 休診録《きゅうしんろく》五

悪《わる》い奴《やつ》ら

井川香四郎《いかわこうしろう》

令和5年1月15日 初版発行

発行人――石原正康
編集人――高部真人
発行所――株式会社幻冬舎
〒151-0051東京都渋谷区千駄ヶ谷4-9-7
電話 03(5411)6222(営業)
03(5411)6211(編集)
公式HP https://www.gentosha.co.jp/
印刷・製本―中央精版印刷株式会社
装丁者――高橋雅之

幻冬舎時代小説文庫

ISBN978-4-344-43263-5 C0193 い-25-14

この本に関するご意見・ご感想は、下記アンケートフォームからお寄せください。
https://www.gentosha.co.jp/e/